男ふたり夜ふかしごはん

椹野道流

プランタン出版

目次

※本作品の内容はすべてフィクションです。

四月

他府県の人にどちらにお住まいですか、と問われて答えると、「ああ、セレブの」というリアクションを食らう確率が驚くほど高い。

それが、俺が暮らす兵庫《ひょうご》県芦屋《あしや》市という街だ。

最近では「そうでもない」といちいち言うのが嫌で、一度きりしか会わないような相手には、「神戸《こうべ》界隈《かいわい》」と曖昧に答えることも多い。

芦屋市は広大な神戸市の東側にちょんと隣接しているので、嘘ではない。

というか、「セレブの街ではない」と全面的に否定するわけにもいかないので面倒臭い、というのが正直なところだ。

確かに、市内にはいわゆる富裕層が多く暮らすエリアが厳然と存在するし、街中を走る自動車の海外車種率もけっこう高い。

関西では指折りの繁華街である大阪《おおさか》の梅田《うめだ》と神戸の三宮《さんのみや》、その両方にアクセスがよく、電車やバスで通える距離に私立の有名校がいくつもあり、風紀を乱しうる遊戯設備がほとんど存在せず、治安がいい。

俺が人の子の親なら、我が子をここで育てたいときっと願うだろう。

でも俺は気ままなひとり者で、昔ながらの住宅街である宮塚町《みやつかちょう》の、祖母が遺《のこ》してくれた一軒家で暮らしている。

阪神《はんしん》・淡路《あわじ》大震災が起こったとき、神戸市内で夜勤中だった祖父は火災に巻き込まれて命を落とし、今、俺が暮らしているこの家も、半壊状態になった。

幸い、奇跡的に無傷で助かった祖母は、夫と共に長年暮らした自宅を見捨てたくなかったのだろう。いくら引っ越しを勧められても頑として断り、自宅を修繕して、五年前に死ぬまでひとりで住み続けた。

子供の頃から、俺は、祖父母と同じくらいこの家が好きだった。

それだけに祖母の死後、父や叔父叔母たちが、この家を売却してそのお金を皆で分配しようと話し合っているのを聞いて、それが最善だとわかっていながら、割って入らずにはいられなかった。

そう、俺はノスタルジーに突き動かされるまま、「自分がこの家を買い取って住む」と宣言してしまったのだ。

両親には古い家のデメリットを山ほど聞かされ、制止されたが、こういうのは典型的な、反対されればされるほどムキになる案件だ。

俺はかなり強引に「親戚価格」で家を買い取り、周囲の呆《あき》れ顔など少しも気にせず、単身、軽やかに移り住んだ。

職場であるN総合病院には、ＪＲでも阪神電車でも一本で行き来できるのがいい。

もっとも、どちらの芦屋駅からも、我が家までは徒歩で十五分ほどかかるのだが、これは職場での運動不足を解消すべく、神様が強制的にエクササイズを課してくれたのだと考えることにしている。

今日も暮れゆく静かな通りをてくてくと歩いて我が家に戻り、玄関扉を開けるなり、漂ってきたのはトマト系のいい匂い、聞こえてきたのはやや音程の怪しい鼻歌だった。

そう、俺、遠峯朔《とおみねさく》は相変わらず独り身ではあるが、今や一人暮らしではないのだ。

「帰ったで」

「はーい、お帰りなさーい」

小さな家なので、玄関で靴を脱ぎながらそこそこの声を上げれば、家じゅうに届く。

返事もまたしかりだ。

声から十数秒遅れて玄関に顔を見せたのは、同居人の白石真生《しらいしまなぶ》である。

高校時代、俺たちはアーチェリー部の先輩後輩だった。とはいえ、俺が三年のときに白石が一年生だったので、共に部活に励んだのはほんの半年足らずだ。

それなのに白石はやけに俺に懐いていて、卒業式では今にも泣きそうな顔で俺を見送ってくれた。

その白石が、十三年ぶりに突然やってきたのは、一昨年のことだ。

奴《やつ》は、東京《とうきよう》在住の小説家になっていた。

どうやら打たれ弱くて繊細なところは高校時代から少しも変わらなかったようで、多くは語らないものの、白石は仕事に行き詰まり、逃げ出してきたらしい。

「しばらく、先輩んちに置いてもらおうと思って！」

やはり高校時代とあまり変わらないとぼけた調子で奴にそう言われた俺は、若干考えはしたものの、しばらくなら構うまいと奴との同居を受け入れた。

それがズルズル続いて、今である。

もはや一つ屋根の下の共同生活も三年目に突入し、目の前でニヤニヤ……いや、おそらく本人的にはニコニコしている男の存在にもすっかり慣れてしまった。

今となっては、一人暮らしだった頃の生活がどんなだったか思い出すのが難しいほどだ。

「どうかしました？」

不思議そうに首を傾《かし》げる白石の呑気《のんき》そうな顔を見上げ、俺は「いんや」と首を振り、玄関に上がった。

「ええ匂いやな。晩飯、何や？」

白石は、ニコニコして両手を腰に当てた。

ここに来たときからずっと愛用している高校時代の芋ジャーの上から、エプロンを着けるというお馴染《なじ》みの姿だ。

「それは出してのお楽しみ。先に風呂入るでしょ？」

いつからか、白石は、俺が帰宅する頃合いを見計らって、風呂に湯を張ってくれるようになった。

病院で長時間過ごすので、帰ったらすぐ風呂で全身を洗い流したいのは確かなのだが、そんな新妻めいたことをしなくてもいいとだいぶ前に言ったら、白石は「正直、先輩のためってわけでもないんですよ」と恥ずかしそうに頭を掻《か》いた。

小説家という仕事の特性上、油断すると何時間も座りっぱなしになりがちの白石は、洗濯機を回すとか、炊飯器をセットするとか、浴槽に湯を張るとか、そういう家事のルーティンを作ることで、身体を動かすチャンスを得ているらしい。

なるほどと納得して、以来、帰宅して即、風呂に飛び込めるありがたみを満喫しているというわけだ。

「風呂、二十分で上がるわ」

俺がそう言うと、白石はストレートな迷惑顔をした。

「僕、まだ仕事中なので、もっとゆっくりしてくださいよ。そうだな、四十分後とか？」

「わかった。ほな、のんびり湯に浸《つ》かって、美顔パックでもしよか」

「マジすか。意識高いな！」

「嘘やっちゅうねん」

「なーんだ。先輩、無駄にお肌キレイだから、冗談に聞こえないですよ」

「んなアホな」

意外と真顔でツッコミを入れてくる白石に軽く手を振って、俺は二階の寝室へ行った。

八畳の洋間だが、二畳分はこぢんまりしたウォークインクローゼットになっているので、使える面積は限られている。

ベッドと本棚とライティングデスクを置くと、余剰のスペースは大して残されていない。

ショルダーバッグをデスクの上に、ジャケットとネクタイはベッドの上にバサリと置いて、俺は階下の浴室へ向かった。

亡き祖母はとにかく植物が好きな人で、生前は脱衣所どころか、浴室の窓際にも、おそらくは湿度を好むタイプであろう植物の鉢が置かれていたものだ。

申し訳ないことに、引き継いだ俺が放置したせいでことごとく枯らしてしまったのだが、一鉢だけ小さなサボテンが生き残り、今も脱衣所の細長い窓の枠にちょこんと存在し続けている。

相変わらず俺は少しも構っていないが、おそらく白石が世話してくれているのだろう。

気付けば、ゴルフボール大のサボテン本体から、小指の先ほどのピンク色の蕾《つぼみ》が飛び出している。

放り込んだ。

「お前、花なんか咲かせるんかいな」

当たり前のことにけっこう本気で驚きつつ、俺は脱いだワイシャツを洗濯機にバサリと放り込んだ。


入浴を済ませた俺が、きっかり四十分後にダイニングキッチンに行ってみると、白石は、ちょうどノートパソコンの電源を落としているところだった。

「お、時間ぴったりですね」

「几帳面《きちょうめん》やからな。古典的な京都《きょうと》しぐさやったら、五分遅れてくるんが礼儀なんかもしれんけど」

「それは都市伝説じゃないんですか？」

「どやろ」

そんなくだらない会話をしながら、俺は白石が執筆道具を片付けた後のテーブルに、ランチョンマットを向かい合わせに二枚置いた。

それから冷蔵庫を開け、ビールを一缶だけ取り出して、白石に訊《たず》ねる。

「一杯飲むか？」

俺は、特に酒好きというわけではない。だが、よく働いた一日の終わりに、小さなグラス一杯の軽いアルコールでみずからを労《ねぎら》ってやるのは、そう悪いことではないと思っている。

ただ、白石は深夜がいちばん執筆がはかどる時間帯らしく、たいていの日は、朝方までこのダイニングテーブルで仕事を続けている。

だから、このタイミングで酒を飲みたいかどうか、いつも訊ねるようにしているのだ。

「ん、そうですね。ちょっと飲もうかな」

「よっしゃ。ほな」

俺は、缶ビールとグラスを二つ、テーブルに運んだ。それからまた、キッチンに引き返す。

「箸でええか?」

「あー、フォークとナイフもお願いします。スプーンもあったほうがいいかも」

「お、今夜は洋食か」

「どっちかっていうと、そうですね」

曖昧な返事をして、白石はガスの火を弱める。

「あ、先輩、ついでにシチュー皿も出しといてください」

「あいよ」

俺は言われたとおり、ランチョンマットの上にカトラリーをセットして、真っ白なシチュー皿を二枚、取り出した。

食器のほとんどは亡き祖母が使っていたもので、これもそうだ。

幼い頃、このホテルのレストランを思わせる皿で祖母ご自慢のビーフシチューを出され、あたためたロールパンを添えてもらうと、何だか王侯貴族になったような気分で嬉しかったものだ。

「この皿、昔っから好きやねん」

そう言うと、両手にオーブンミトンをはめ、楕円形《だえん》の鋳物鍋を持った白石は、「へえ」と、ちょっと不思議そうな顔をした。

テーブルの真ん中に、オレンジ色の鋳物鍋を据え、その隣にポテトサラダのボウルを置いて、炊きたての飯をよそえば、夕食の支度は完了だ。

俺たちは、いつものように差し向かいで、食事を始めた。

最初に俺が二人分のグラスにビールを注ぎ、互いにグラスを軽く掲げるだけの乾杯をする。

「先輩は、今日も一日、お疲れ様でした！」

「おう、お前も半日、お疲れさん。あとの半日も頑張れや」

「はーい」

お決まりのやり取りでビールを一口飲み、グラスを置いた白石は、ボウルを俺のほうに軽く押しやった。

「そんじゃ先輩は、ポテサラの仕上げをお願いします。僕、おかずをよそいますから」

「おう」

俺は大きめのガラスボウルを引き寄せ、片手でしっかりホールドすると、もう一方の手に竹製のへらを持ち、中身を慎重に混ぜ始めた。

最近、白石がよく作る、テーブルで仕上げるタイプの温かなポテトサラダだ。

ボウルの中には、レンジで蒸《ふ》かして皮を剝《む》いたばかりのあつあつのジャガイモが三つ、半熟と固ゆでの間くらいの絶妙な茹《ゆ》で加減の卵が二つ、そこにみじん切りのタマネギ、カリカリに炒《いた》めたベーコン、コロコロに刻んだ胡瓜《きゅうり》、それに今夜は、先日のお好み焼きに使った残りのイカ天を手で小さく割ったものと、生姜《しょうが》の甘酢漬けの細切りが入っている。

そうした雑多な具材を木べらで粗く潰しながらマヨネーズと共にざっくり混ぜ合わせ、仕上げに粗挽《あらび》きの黒胡椒《こしょう》を振れば完成だ。

あまり料理をしない俺にも、ここまでお膳立てしてもらえば、それなりに上首尾な仕上げができようというものだ。

俺がポテトサラダを二つの小鉢に盛り分けているあいだに、白石は鋳物鍋の蓋を開け、出来上がった料理をレードルでシチュー皿にたっぷりよそってくれた。

夕食の主菜は、ロールキャベツだった。

なるほど、帰宅したときに俺の鼻が嗅ぎつけたトマト臭は、ロールキャベツのソースの香りだったのか。

いつもより小さなサイズにきっちり巻かれたロールキャベツが、盛大に湯気を立てるトマトソースの中に、なんだか気持ちよさそうに浸っている。

わざと大ぶりに切って一緒に煮込んだタマネギと人参《にんじん》、それに何故かいつもロールキャベツと同居しているふた口サイズのソーセージも、実に旨《うま》そうだ。

「さて、準備オッケーですね。召し上がれ！」

「おう、いただきます。今日もありがとうさん」

俺は軽く頭を下げて挨拶すると、さっそくナイフとフォークを取った。

「高級洋食みたいやな」

「高級洋食って、僕のイメージでは、資生堂パーラーとかですけど」

「そやそや、そういう奴や」

俺がそう言うと、白石はポテトサラダを食べようとした手を止めて、照れ笑いした。

「行ったことないですけど、たぶんそりゃ褒めすぎでしょ」

「そんなことはあれへん。まあ、二割くらいは、この皿の効果やけどな！」

「それでも、八割は僕の料理の手柄ですか。やー、褒められちゃったな」

へへへ、と笑って、白石はポテトサラダを大きな口で頬張《ほおば》る。

俺は白い皿と赤いトマトソースのコントラストを楽しみながら、ロールキャベツにナイフを入れた。

キャベツは驚くほど柔らかく煮えていて、ナイフが吸い込まれるように沈んでいく。きちんと巻いた形を保っているのが不思議なくらいだ。

「やらかいな!」

俺の感嘆の声に、白石は、にかっと顔中で笑った。今度は、ストレートに得意げだ。

「でっしょー! 仕事しながら、ことこと気長に煮込みましたからね」

「そやろな」

俺はうなずきつつ、大きめの一口をよく吹き冷ましてから、頬張ってみた。

「む」

思わず、声が出た。

よく、テレビに出ている芸能人が、何を食べても「とろける〜」と口走るのを、俺はこれまで苦々しい思いで見ていた。

そんなに瞬時にとろける食べ物があってたまるか。そう思っていたのだ。

しかし、今、口の中にあるロールキャベツは、まさにその「とろける」系と言ってもいいのではなかろうか。

噛《か》みしめるまでもなく、何層かあるはずのキャベツは儚《はかな》くほどけ、中に詰まっていた挽き肉とタマネギみじん切りを合わせたものも、たっぷりの肉汁を放出しつつ呆気《あっけ》なくバラバラになっていく。

まさに、全員、速やかに現地解散……という趣だ。

名前も忘れた芸能人たちよ、すまなかった。とろける食べ物は、確かに実在した。

「とろっとろや。旨い」

「よかった。まだ肌寒いですから、煮込み料理が旨いっすよね」

「旨い。夜は冷えるから、熱々が何よりのご馳走《ちそう》やな。そやけど」

俺はあっという間にロールキャベツを二つ平らげ、三つ目に手をつける前に、鍋越しに白石の顔を見た。

「大丈夫なんか、お前」

「はい？」

白石も、ロールキャベツの味を確かめつつ、キョトンとした顔で視線を上げる。

「何がです？」

「何がて、えらい手の込んだ晩飯やないか。もしかして、仕事が上手《うま》いこといってへんの違うんか」

「んがぐぐ」

某長寿番組のキャラクターのような声を上げた白石は、わざわざカトラリーを置き、両手で心臓のあたりを押さえてみせた。

どうやら、図星だったらしい。

俺は、途端に心配になって、自分もフォークとナイフを置いた。

「また小説の仕事、アカンことになっとんのか」

我ながら深刻な声が出てしまって、俺は苦笑いした。

高校生の頃から、白石にはやけに図太いところと繊細なところが同居していて、おそらく小説の仕事は、繊細な部分のほうを主に使ってやっているのだろう。

この家に来てからも、たまに〆切間際にスランプに陥って、夢遊病のハイジのように家の中をうろついている姿を見かけたことがある。

そもそも東京を逃げ出した理由も、仕事に行き詰まり、将来どころか現状への不安から精神的に不安定になったせいなので、先輩として俺が心配性になるのも無理からぬことだろう。

当の白石は、微妙な困り顔で、肉付きの薄い肩をヒョイと竦《すく》めた。

「大当たりです。今日、なんかこう、手が止まっちゃってて。なんでわかっちゃったかなあ」

「わからんわけがないやろ。お前がやたらとチマチマ手ぇかかる料理を作り出したら、仕事で行き詰まったと相場が決まっとう」

「うう、ですよね。僕、そういうとこわかりやすいんですよ」

白石がシュンと項垂《うなだ》れたので、俺は慌ててフォローを試みる。

「まあ、俺はいつも以上に旨いもん食えるからありがたい限りやけど、大丈夫なんか？」

「うーん、どうでしょう」

「どうでしょうて、アイデアが干上がってしもて、話が作られへんとかか？」

すると白石は、力なく首を横に振った。

「いえ、話は作れます。実際、プロットは通ってるんですよ」

「プロット……つまり、あらすじは完成しとると」

「そうそう」

何だかよくわからなくて、俺は首を捻《ひね》った。

「それやったら、あとはそのあらすじに沿って書いたらええだけ違うんか」

誓って悪気はなかったのだが、その発言は、どうやら作家にはとんだ地雷だったらしい。

白石は珍しく本気の膨れっ面になり、両手で軽くはあるがやたら素速くタカタカとテーブルを叩《たた》いた。

「ああ、もう！　素人はすぐにそういうこと言うー！」

「素人て」

「そういや、素人ってことはないか。先輩だって、論文とか書くでしょ？」

「今はさほど書かんけど、学位を取らなあかんかった頃は、もりもり書いたな」

「じゃあ、わかるんじゃないですか？　読み物は、ツカミが最重要なんだって」

「ツカミて」

「論文には、ツカミってないんですか？」

俺は左右に首を倒しながら考え考え答えた。

「ツカミっちゅうか、まあ、Abstract、つまり論文の要旨やな。それを、論文のいちばん最初んとこに置くねん」

「つまり、あらすじ？」

「そうやな。まあ、タイトルと要旨で、どういう論文かっちゅうことをわかるように書かんならん。めっちゃようけ投稿論文が来る学術誌なんかやったら、まずはタイトルと要旨でざっとふるいに掛けるっちゅう話も聞いたことがあるくらいや」

「じゃあ、めっちゃ大事なツカミじゃないですか」

白石は不機嫌をひとまず脇に措《お》き、興味をそそられた様子で身を乗り出す。だが俺は、力なく首を振った。

「いやあ、まあ、大事っちゃ大事やし、ツカミっちゃツカミやけど、小説とは重要視されることが違うと思うで」

「そうなんですか？　こう、物語のカラーを即座に理解してもらえるようなキャッチーな言葉とか、気持ちを乗せやすい導入とか……」

「は、要らん。論文の要旨に必要とされるんは、明快さと簡潔さ、ほんで内容を正確に反映させることやな」

白石は大袈裟《おおげさ》な顰《しか》めっ面《つら》で腕組みする。

「んんん、確かに方向性が違うかも」

「せやろ。論文やったら、研究がある程度まとまった時点で、何について、どんなデータを挙げて、どういう結論にたどり着くかはもう決まっとるわけやから、それをただ正確にまとめていけばええだけやな。いちばんの悩みどころは英文法やって言うてもええくらいや」

「あ、英語なんだ」

「日本語の論文も書くけど、やっぱしこう、ちゃんとした論文は世界的な学術雑誌に送らなあかんからな。インパクトファクター言うて、わかりやすう言うたら学術雑誌のミシュラン評価みたいなもんがあるねん」

「へー！」

「それの高い雑誌に掲載されたほうが、ええ評価をゲットできるっちゅうわけや」

「はー、なるほどぉ。世の中には、その道に入り込んでいかないとわかんないことが、いっぱいあるなあ」

感心しきりでそう言ったあと、白石は再びカトラリーを手にしてこう打ち明けた。

「僕のほうは、書き出しで詰まってるんですよ」

俺も、せっかくの料理が冷めないうちにと、今度はポテトサラダの小鉢に手を伸ばした。自分が仕上げたので完全なる手前味噌《みそ》だが、混ぜ具合が敢《あ》えてざっくりなので、一口ごとに味が違うのが楽しい。

「書き出し……『トンネルを抜けるとどこそこでした』とかいうアレか。それこそ、キャッチーさがものを言いそうな奴やな」

「そうそう。読者さんは、書き出しをまず読んで、続きを読むかどうか判断するわけですから、すっげー大事なパートなんですよ、書き出しって」

「そやな。俺はあんまし読書家やないけど、それでもたまに、出オチみたいな小説に出くわすもんな。なんや、おもろいのは序盤だけやないか、と思うたときにはもう買うてしもてるわけやし」

「そうそう、それ。勿論《もちろん》、そんな風なガッカリは絶対させたくないですけど、でもまあ、それくらい書き出しって重要だし、難しいんです」

「で、そのええ書き出しがまだ思い浮かばんっちゅうわけか」

白石は、またしょんぼりした顔で頷《うなず》く。

「そうなんですよね。作品のキーになるような言葉をしょっぱなにバーンと出すか、あるいは主人公のモノローグから始めるか……。間違っても、舞台の説明から始めないようにしないと」

　意外な言葉に、俺はポテトサラダの最後の一口を頬張ってから訊ねた。

「なんでや？　こういう舞台で話書きますっちゅう説明、大事やろ」

「そうですけど、いきなり延々と解説されたら、学校の授業みたいで退屈でしょ？」

「そやろか」

「いや、腕の立つ作家さんなら、そういう文章ですら面白くできるんでしょうけど、僕は平凡なもの書きですからね。やっぱそこは冒険しないでおこうと思います」

「へえ。ほんで、作品のキーになるような言葉は」

「見つかってません、まだ」

「そら大変や」

「大変なんですよ～。最初に特別な一言からアイデアが広がることもあるんですけど、今回はそういうのじゃないから。でも、見つけなきゃ。いや、こういうの考えながら食事をしちゃうと美味《おい》しくなくなるから、あとでひとりで呻《うめ》きながら頑張りますよ」

「お、おう」

「それよか、ポテサラの仕上げは先輩にお願いするに限りますね。このいい加減な混ぜっぷりが、結果オーライっていうか」

「適当て言うな。ええ塩梅《あんばい》て言うんや、こういうんは」

「えー」

クスクス笑う白石にホッとしつつ、俺はロールキャベツの強力な伏兵、見るからに旨そうに煮えたソーセージを、フォークでザクリと突き刺した……。


夕食の後、俺が後片付けをしているあいだに、白石は気分転換がてら入浴し、さっぱりした顔で戻ってきて、「よーし、頑張ろう」と、テーブルの隅に片付けていたノートパソコンを再び自分の席に据えた。

俺は、奴愛用の、大迫力のリスが描かれた大きなグラスに冷えた緑茶をなみなみと注いで白石に出してやり、邪魔をしないように自室に引き上げた。

寝室にある小さめのテレビをつけ、ベッドに寝そべって、ときおりお笑い番組などをチラ見しつつ、先日買ってきた白石おすすめの推理小説などを読んでいた……はずが、いつの間にかそのまま寝入ってしまったらしい。

ふと目覚めると、時刻は午前二時過ぎだった。

うたた寝というには、いささか豪快過ぎる。もはやガチ寝だ。

灯《あか》りはついたままだし、布団も被っていない。食後に歯を磨いておいたのが、せめてもの幸いだった。

「うう、変な体勢で寝とったせいで、首が痛いな」

うなじを揉《も》みながら起き上がった俺は、ふと、喉の渇きを覚えた。

軽くとはいえ飲酒したから、脱水気味になっていても不思議はない。ここは身体の要求に応え、面倒でも水分を摂取しておくべきだろう。

寒くはないが、やはり手足が軽く冷えている。俺はカーディガンを引っかけ、階下へと向かった。

リビングの扉を開ける前から、微《かす》かにカタカタという乾いた音が聞こえてくる。

思わず、俺の頬は緩んだ。

それは、すっかりお馴染みになった、白石がパソコンのキーを叩く音だ。

その音が聞こえる、しかもなかなかに軽快な調子で聞こえるということは、白石が執筆中、しかも作業が順調に進み始めた証拠でもある。

俺は再び安堵《あんど》して、扉を開けた。

リビングは暗かったが、床が軽く一段上がっているだけで実質は続き間のダイニングキッチンには、煌々《こうこう》と灯りが点《つ》き、テーブルには白石の姿がある。

「あれ、先輩」

近づいていく俺に気付いて、白石は手を止めて目をパチパチさせた。

「たぶん、日付変わらんうちに寝落ちして、今、目ぇ覚めた」

テーブルの脇に立って俺がそう言うと、白石はノートパソコンの画面で今の時刻を確かめ、ふふっと笑った。

「もうこんな時間かあ。ダイナミック寝落ちですね」

「俺もそう思うわ。ほんでお前、仕事、はかどり始めたんか」

俺の質問に、白石は何故か悪戯《いたずら》っぽい上目遣いで答えた。

「おかげさまで」

「あ？　俺、何ぞしたか？」

キョトンとする俺に、白石はこう言った。

「さっき晩飯のときに、先輩が言ったでしょ、『適当て言うな。ええ塩梅て言うんや』って」

「……言うた、気もするなあ」

「もう忘れちゃったんですかあ？　僕、それで道がちょっとだけ拓《ひら》けた気持ちになったのに」

「そうなんか？」

驚く俺をよそに、白石は立ち上がり、キッチンのほうへ行った。俺も、仕方なくついていく。

「読者さんの気持ちを摑《つか》んでやろうってのは、ちょっとおこがましかったなと。そういうの、きっと読み手にも伝わっちゃうと思うんですよね」

「あー、これでどや！　っちゅう気配を察知されると恥ずかしいもんな」

「それですよ。いくら書き出しが大事だっていっても、そこが最大の勝負ポイントじゃ駄目だし。なので、素直になることにしました」

「素直にて、お前がか？」

白石は冷蔵庫を開け、中からあれこれ取り出しながら頷いた。

「僕と、主人公に、です。歩いていく主人公の後ろ姿を見ながら、読者さんがあとをついていくような……そうしてるうちに、自然と舞台となる街を歩き始めるような、そういう書き出しがいいなって思ったら、ピタリとはまったみたいです」

「はー。ようわからんけど、ドラマっぽいな、その書き出しの設定は」

「確かに！　でもそれが、今回の作品にとっては『ええ塩梅』なんだと感じるんですよ」

白石は楽しそうに笑いながら、食材を出したり小鍋を出したり、キッチンの中を忙しく歩き回っている。

俺は、奴にとってはもう用がなさそうな冷蔵庫にもたれ、首を傾げた。

「そらよかったけど、何しとうん。今から飯か？」

白石は、さも当然といった顔つきで頷く。

「僕にとっては、これ、裏ランチ兼裏おやつですからね」

「裏……いやまあ、言われたらそうやわな。お前、昼夜逆転やもんな」

「ええ。いつもこのくらいの時間に、何かお腹《なか》に入れるんですよ。先輩も食べます？」

「ああ、いや、俺は寝直すし、水だけ……」

そう言いつつ、好奇心にかられて、俺は調理台の上を見た。

水を張った小鍋を火にかけて、さっき無造作に白石が放り込んでいたのは、おそらく出汁《だし》パックだ。

その他、用意された食材は、ごはん、卵、シイタケ一枚、何か青菜のようなもの、それから小さなビニール袋に入っているのは、いったい何だろう。

とりあえず、今わかる食材で推測できるメニューは……。

「もしかして、雑炊か?」

白石は、サムズアップしてみせた。

どうやら俺の推理はバッチリだったらしい。寝起きのわりには優秀な頭脳だと、我ながら感心する。

「あたり! 食べます?」

「いや、うーん、その青菜みたいなんは」

「菜の花ですよ。明日、辛子味噌で和《あ》えようと思ってた奴、ちょっとだけ上前をはねようと」

「はー、春やな。ほんでその袋の中は?」

「これまた春の味覚、白魚《しらうお》です。昼間、お隣さんが、『取り寄せたけど、そうたくさん食べるもんじゃないからよかったら』ってお裾分けしてくださったんです」

説明しながら、白石はビニール袋を開けて中を見せてくれた。

なるほど、五センチにも満たない、乳白色のやや透き通った魚が、バラ冷凍というやつだったか、器用に一尾ずつバラバラに冷凍されている。これなら、使う分だけ取り出せて便利そうだ。

「白魚言うたら、おれはよう食わんけど、躍り食いとかで出される……」

「僕もそう言ったら、それはシロウオで、全然別の魚なんですって」

「へえええ！　今日イチためになる知識やな、それ」

「今日は始まったばっかですけどね。白魚は天ぷらとか雑炊とかが旨いって教わったので、今夜、雑炊で試食してみて、いけそうだったら明日の晩飯で、先輩にも出そうと思ってたんですよ。お隣さんに感想を言って、お返しを持っていかなきゃですしね」

「そやな。……ほな、まあ、一口だけいっとこか」

俺は、いかにも話の流れでやむを得ず食べねばならない、という態度でさりげなくそう言った。

さりげなく言えていたと思いたい。

実のところ、雑炊と聞いて以来、さほど減っていなかったはずの腹が、ぐうぐうと古典的な音を立て続けている。

深夜の雑炊ほど蠱惑《こわく》的なものは、世の中にそう多くないと思う。

しかも、俺が熟睡していたあいだに消化器は夕食をことごとく消化吸収し終えてしまったようで、脳までが「ちょっと食べてもいいのではないか」と言い始めた。

「了解です」

笑いながら請け合って、白石は流れるように調理を始めた。

鍋の湯が沸騰したら出汁パックを出して、味醂《みりん》と薄口醤油《じょうゆ》をそれぞれほんの少し入れて淡い味をつけ、少しばかりの冷凍の白魚と刻んだシイタケと菜の花、そして夜の残りの冷やご飯を大盛り一膳分くらい、一緒に放り込む。

穏やかな火加減でしばらくくつくつ煮て、あまり汁気が減りすぎないうちに、溶き卵ひとつでさっととじればもう完成だ。

白石は、れんげに軽くひとさじ、できたての雑炊をすくって、俺に差し出してくれた。

「はい、では一口どうぞ」

「おう。ほな、お先にいただきます」

そうは言ったものの、すぐに口に入れたら大惨事が約束されている。

しばらく慎重に吹き冷ましてから、俺は雑炊を口に入れた。

優しい味。

それも、あの忌々しい食レポ芸能人どもが濫用する表現だが、この雑炊についてはその表現を使わざるを得ない。

　白魚もシイタケも、決して出しゃばりはしないが、パックの出汁に柔らかな味わいを足しており、そこに菜の花のほろ苦さがいいアクセントを添えている。それらすべてを優しくまとめるのが、ふわっとした溶き卵だ。

「旨い」

　脳内ではあれこれ感想が駆け巡ったというのに、口から絞り出せたのは、ただそれだけだった。

　だが、その一言で、十分に俺の思いは伝わったのだろう。

「ですよね。僕もこれはなかなかの自信作なんです」

　白石は人の悪い笑みを浮かべ、戸棚から取り出した焼きのりの缶を軽く振ってみせた。

「ところで僕は、これに海苔《のり》をプラスして食べる予定なんですけど、先輩はホントに一口だけでいいんですか？」

「うっ」

「with海苔もいけると思いますよ。あと、ごはん以外は全部低カロリーなので、食べたあと即寝しても、死ぬほどの後悔はしなくていいんじゃないかな」

「即寝はせえへんと思うで。雑炊が旨すぎて、完璧に目ぇ覚めてしもた」

「あはは、じゃあ、睡眠と雑炊を等価交換しますか！」

「何や、その表現。いやや、雑炊が睡眠より価値あるかもしれん。ほんまに旨い」

「あはは、ありがとうございます。じゃあ本格的に、深夜の雑炊試食会といきますか」

「おう。ほな、俺はほうじ茶でも煎《い》れるわ」

「お願いしまーす」

白石は鼻歌を歌いながら塗りの大ぶりの椀《わん》を出し、雑炊を盛り分け始める。焼きのりは、さっとガスコンロで炙《あぶ》って、手で揉《も》むつもりだろう。

さっき一口だけ食べた雑炊に、海苔の風味が加わったら、どれほど豊かな味わいになることか。

想像しただけで、口の中に唾が湧き出してくる。

「食べながら、お隣さんへのお返し、何にするか相談しましょうよ」

「そやな」

うっかり浮かれた声で同意の返事をして、俺は電気ケトルに少なめに水を入れ、必要以上に元気よくスイッチを入れた……。

五月

「うわっ、なんだか春、あっという間に終わっちゃったな」

家から出て五歩進んだところで、僕は思わず足を止めた。

ついこの間まで、「今年の桜はイマイチでしたね」みたいな世間話をしていたと思ったのに、連休が終わった途端、頭上から降り注ぐ太陽の光は一気に強くなった。

ただ立っているだけで、頭のてっぺんがジワジワと温かくなってくるのがわかる。

一瞬、帽子を取りに戻ろうかと家のほうを振り返ったものの、僕は結局そのまま歩き出した。

そもそも僕はインドア仕事なので、庭仕事をするときと買い物に行くときくらいしか日の光に当たらない。

特に日焼けも気にしていないし、今日はこのままお日様の光を浴びていこう。そう考えたのだ。

今日は水曜日、時刻は午後二時過ぎだ。

そろそろ冷蔵庫の中身が心許《こころもと》なくなったので、小説の執筆が一段落した今日、食料の買

い出しに行くことにした。

芦屋の街はこぢんまりしてはいるものの、僕が居候中の先輩の家は、どこへ行くにもそれなりに遠いという絶妙な不便さを誇る立地だ。買い物も、五分で目的地に到着というわけにはいかない。

食料品を仕入れるなら、徒歩十五分ほどの距離にある阪神芦屋駅前の「パントリー」に行くか、もうちょっと脚を延ばしてＪＲ芦屋駅前に行くか。

今日の気分は、ＪＲ芦屋駅前だ。

何しろ、そちらのほうが選択肢が多い。

コープさんこと「生活協同組合コープこうべ」が経営する「コープデイズ芦屋」があるし、「いかりスーパーＪＲ芦屋店」も、「大丸芦屋店」の食品フロアもある。大丸が入っているモンテメールというショッピングモールには、「成城石井」も入っているので、ほしいものはたいてい手に入るという寸法だ。

他にも、肉に特化した「あしや竹園《たけぞの》芦屋本店」や、惣菜《そうざい》やらテイクアウトの料理やらを扱う店もたくさんある。

もっと遠征すれば、さらに大規模な「いかりスーパー芦屋店」もあるが、さすがに歩いて行き帰りするのは大変なので、休日、先輩とカーシェアして外出したとき、ついでに寄ることが多い。

今日は特に買おうと狙い定めたものはなく、ただ仕事の息抜きがてらの買い出しなので、漠然とあれこれ見て回れるほうがいい。

（コープさん……ああいや、そういえば先輩がこないだ、「そろそろあの『冷じゃないしゃぶしゃぶ』食いたいな」って言ってたっけ）

ふとそんなことを思い出したので、僕はＪＲの高架下を抜け、芦屋駅のすぐ山側にあるモンテメールに入った。

モロゾフのプリン、銀座《ぎんざ》あけぼののおかき、鶴屋《つるや》八幡《はちまん》の上品な生菓子、ユーハイムのフランクフルタークランツ……。

一階のスイーツ地獄に後ろ髪を引かれる思いで通路を足早に抜け、エレベーターで地階に行けば、そこは食品フロアになっている。

生鮮食料品だけでなく、各種専門店も入っているので、これまた誘惑の多い場所だ。

遠峯先輩がリクエストしてくれた「冷じゃないしゃぶしゃぶ」というのは、炒めたニラとモヤシの上に、茹でた豚しゃぶしゃぶ用の肉を冷やさずにそのまま載せて出す料理のことだ。

僕は冷えた豚の脂身が苦手なのでそうしているだけなのだが、先輩の口にも合ったらしい。

たっぷりの大根おろしとポン酢、それから胡麻《ごま》ダレを添えて出すと、いつも意外なくらい喜んでくれる。

そんなわけで、目指すべきは突き当たりにある精肉コーナーなのだが、そこへ行くまでには、果物売場、野菜売場、そして鮮魚売場を通り抜けなくてはならない。

（さすが百貨店の食品売場、果物の値段も野菜の値段も上品だな。物がいいのは見てわかるけど、ちょっと躊躇《ためら》うよね）

午後六時を過ぎると、けっこうな品目に割引シールが貼られるけれど、今はまだきっぱりと定価だ。

野菜はよそで……と思いかけたとき、僕はハッとして、いや正確にはギョッとして、つんのめるように足を止めた。

キャベツが、安い。しかも、春キャベツが一玉百円のおすすめ品として、山のように積まれている。

気候は初夏でも、春キャベツはまだまだ旬だ。

いかにもやわらかそうな、ゆるく巻いた淡い黄緑色の葉は、この場でちょっとむしって食べてみたくなるくらい瑞々《みずみず》しい。

これは、嬉しい誤算だ。

周囲の客たちも、みんな「あら」とか「あっ」とか小さな声を上げ、すぐさまカゴに放り込んでいく。

そりゃそうだろう、と僕は思わず頷いた。

何を作ろうかなんて、あとから考えればいい。一玉百円の上質な春キャベツを買わない選択肢なんか、台所を預かる者たちにはあるはずがないのだ。

それに、キャベツを使う料理は山ほどある。

焼きそば、お好み焼き、ああいや、春キャベツならただ千切りにしても美味しいし、コンビーフとさっと炒めても美味しいはずだ。

それから……。

「あ！」

ふとよぎったある料理の名前に、僕は片腕にカゴを提げたまま、ポンと手を打った。

それだ。それしかない。

先輩のリクエストも忘れていないが、僕が作りたい料理も瞬時に定まった。

「よーし！」

僕はたぶん欲張りな子供みたいな顔で、カゴの中に丸っこい春キャベツを三玉も入れ、そのままの勢いでニラとモヤシとシイタケを追加し、意気揚々と精肉コーナーへ突撃した……。


「ただいまー」

誰もいないのはわかっていても、帰ってきたときには必ずこの家に挨拶する。

東京のアパートに住んでいたときは、そんなことは思いつきもしなかった。でもこの家には、前の主だった先輩の亡きお祖母《ばあ》さんの持ち物がたくさん残っていて、会ったこともない人の気配というか、想《おも》いというか、そんなものをふと感じることがある。

僕はあまりスピリチュアルなものに興味はないけれど、そういう「空気」を、この家が大事に守っているような気がするのだ。

何かの折りにそう言ったら、先輩は存外真顔で、「まあ、長いこと人間と付き合ってきた家には、やっぱり心があるん違うかな」と返してきた。「そやから、俺もこの家におるとなんやホッとした気持ちになるんかもしれん」とも。

僕も、初めてここに来たその日から、不思議なくらいリラックスできたのを覚えている。やっぱり、この家には先輩が言うとおり、心があるのかもしれない。

だとしたら、家にも先輩や僕との暮らしを楽しんでほしいし、こいつらを、特に居候の僕を住まわせてよかったと思ってほしい。

挨拶は、そんな気持ちのあらわれ……なのだろうか。いちいちそんなことは考えずに口にしているけれど。

手を洗い、すぐに買ってきたものを戸棚や冷蔵庫、フリーザーに振り分けて片付けたところで、ふと空腹を覚えた。

そういえば、二時過ぎに起きてそのまま買い物に出たので、今日はまだ何も口にしていない。でももう午後四時過ぎだから、しっかりした食事はやめておいたほうがいいだろう。軽い食事かおやつ……よく先輩が口にする「虫養い」になるようなものはないかと、ダイニングテーブルの隅っこに常に置いてある「白石のおやつ箱」を開けてみたところ、てっぺんに、まさに打って付けのものが入っていた。

「ああ、そうだ。これがあった！」

遠峯先輩が、誰かから手土産に貰《もら》ったという「スライスようかん」。二パックあるからと、一パックを僕の「おやつ箱」に入れてくれたんだった。

最初、先輩に見せてもらったとき、「何ですか、これ」とストレートな疑問が口をついて出たこの「スライスようかん」は、京都の老舗和菓子屋、亀屋良長《かめやよしなが》が作っている変わり種だ。

薄べったくて白いパッケージにトーストされた食パンの写真が大きく印刷されているとおり、これはまさかのトースト専用ようかん、なのである。

開けてみると、中にはスライスチーズと同じくらいのサイズのシート状ようかんが二枚、入っていた。

表面には芥子《けし》の実が散らされ、中央にはご丁寧に、二・五センチ角くらいの薄いバターようかんが載っている。

「凄《すご》いな。和菓子屋さんの本気だ」

感心して呟《つぶや》きながら、僕は買ってきたばかりの食パンを一枚出し、薄い樹脂のフィルムに挟まれたシート状のようかんを注意深く取り出して、載せ、トースターに入れた。

パッケージの裏面には、「パンがきつね色になり、ようかんがグッグッとなるまで」焼けと書いてある。

いつもチーズトーストを作るときのように三分ほど焼くと、なるほど、黄色っぽかったバターようかん部分は透明になり、小豆色のようかんの縁のほうから、ふつふつと小さな泡が出来始めた。

「ほんとに、スライスチーズみたいだな」

呟きながらなおも見ていると、ついに中央付近まで泡立つようになってきた。食パンの耳のあたりも、こんがりと焼き色がつき始めている。

そろそろ頃合いだろう。焼き過ぎると、大変な悲劇に見舞われる予感がする。

ようかんだけに。

そんな、「しょーもな!」と誰にも突っ込んでもらえない可哀想《かわいそう》なダジャレを口の中で転がしつつ、僕は皿にトーストを載せ、ダイニングテーブルに運んだ。

いつもならトーストが焼けるのを待っている間に紅茶でも淹れるところなのに、ようかんから目を離すのが怖くて、ずっとトースターの前に立ち続けていた。

まあ、飲み物はあとからでもいい。まずは、冷めないうちにようかんトーストを食べてみるとしよう。

僕は、トーストの角の一つから、ガブリと大きく齧《かじ》った。

パンの耳のカリッと香ばしい風味の後、ねっとりしたようかんの甘さが舌に貼り付く。

本当に、文字どおり貼り付く。とろけたようかんというのは、ずいぶんと粘っこいものだ。そして、こってりと甘くて美味しい。

「こんなに薄いのに、凄い存在感だな」

敢えて何も塗らない食パンに載せたけれど、薄くバターを塗った上にスライスようかんを載せてトーストしても旨いかもしれない。

無心にサクサクと齧り続けていたら、あっという間に真ん中まで来て、バターようかん部分が口に入った。

まず感じるのは塩気、それからバターっぽい風味だ。

正直、スライスようかんのストレートな旨さに比べると、このバターようかんは少々トリッキーな味わいがある。好みが分かれるところだろう。

まろやかな油分をまとった塩気が味変になっていいような気もするけれど、ここはようかんの風味一本で押し通したほうが潔くていいのかもしれない。

などと食通ぶったことを考えつつモリモリと夢中で口を動かしていたら、食パン一枚が、あっと言う間に胃袋に消えていった。

世の中には、僕の知らない美味しいものがたくさんある。

そう実感しながら、僕は満足して溜《た》め息《いき》をついた。

手についたパン屑《くず》を落としてから、ノートパソコンを引き寄せ、電源を入れる。

お腹が落ちついて、仕事のことを考える余裕ができたので、まずはメールチェックをしようと思ったのだ。

案の定、今朝、原稿を送ったばかりの担当編集氏からメールが届いていた。

当然、原稿の感想が綴《つづ》られているはずなので、僕はドキドキしながらメールを開いた。

まずは、「お世話になっております」というお決まりの挨拶。

次に、「原稿をお送りいただき、ありがとうございました。早速拝読しました」という、これまた見事な定型文。

しかし、そこからはなかなかに辛辣な文章が並んでいた。

「テンポがとてもいいので、気持ち良く読み進められる」というポジティブな感想を頭に置いてはいるものの、そこからは怒濤《どとう》の駄目出しだ。

「それぞれのキャラクターの個性が今ひとつ際立っていないため、群像劇が悪い意味で本当の群像劇になってしまっており、読者が誰に主軸を置いていいのか戸惑う可能性が高い。

……ああ、確かにそうかも」

メールの文章を小声で音読して、僕は思わず呻いた。

すべてのキャラクターが、彼らの人生においては主役。そんな高尚なテーマを掲げたものの、それをきちんと表現する筆力が、今の僕にはなかったのだ。

「登場人物が多すぎるせいで、それぞれを丁寧に扱えていない印象があります。あるいは、白石さんが全員をきちんと認識できていないのでは？　それが、話の薄っぺらさに繋《つな》がっていると感じます。……うわあ」

この指摘を、無言で、頭を抱えたりせず毅然《きぜん》として受け止められる作家がいるだろうか。少なくとも、僕は無理だ。

かろうじて壁に頭をごんごん打ち付けることだけは思いとどまったが、それでも頭を抱えたままの両手を下ろすことはまだできない。

このままの形で受領することは難しいので、二週間を目安に改稿を試みてほしい。

担当氏からのメールは、そう締《し》め括《くく》られていた。

ありがたい。手厳しい指摘ではあるけれど、リテークを指示してくれている。

つまり、再びトライするチャンスを貰えたということだ。

ただ、指摘からして、要求されているのは登場人物を減らし、もっとキャラクターひとりひとりの設定に深みを持たせ、その中の誰かにしっかりと軸を据えた物語に書き直すこと。つまり、ほとんど全面的に書き直さなくてはならないだろう。

「二週間、二週間か。いけるかな」

つい弱気な声が漏れたけれど、ここで担当氏の期待に応えなければ、次の仕事どころか、この仕事すら没になる可能性がある。

ここが踏ん張りどころだ。せっかく貰ったチャンスを生かさなくてどうする。

「今夜から、初心に戻って練り直しだな」

さっきより大きな声でそう言って、両手で自分の頰を強めにベチンと叩くと、何だか気合いが入って、腹の底から力が湧いてきた。

さっきのトーストが、僕にささやかだけれど力強いエネルギーを与えてくれている気がする。

「よし。だけど、まずは晩飯の支度と、常備菜をいくつか作らなきゃ。うん、一発でオッケーが出るなんて最初から思ってなかったんだ。リテーク上等！」

最後のひと言にいっそう力を入れて、吐き出すと同時に立ち上がる。

ここに来る前なら、きっと半日くらいは落ち込んで、アパートの狭い部屋の隅っこで膝を抱えていたに違いない。

遠峯先輩と、東京に比べれば何もかもがゆったりしているこの街のおかげで、僕の心はだいぶ整って、強くなった気がする。それでも、普通の人に比べれば、まだまだ軟弱なんだろうけど。

「牛蒡《ごぼう》は、牛肉と煮ようかな。それとも、ささがきにしてきんぴらにしようかな。それとも、きんぴらはれんこんで作ったほうがいいかな……」

ひとまず、原稿のことは頭の奥に押し込め、僕は努めて料理のアイデアで頭をいっぱいにしつつ、シンクで手を洗い始めた。

その夜、午前二時過ぎ。

「なんや、夜食か？」

背後から聞こえたそんな声に、僕はハッとして振り返った。

洗いざらしてクタクタになった肌触りのよさそうなパジャマ姿の先輩が、眠そうな顔でいつの間にかすぐ後ろに立っている。

「忍者ですか！」

「あ？」

「全然気付かなかった。いつの間に？」

「いや、ついさっきやけど」

「マジですか。わかんなかったなあ。っていうか、まだ起きてたんですか？」

僕が訊ね返すと、先輩はちょっと決まり悪そうに、片手で乱れてもいない髪を撫《な》でつけた。

「いや、さっき一緒に見とったネトフリのドラマ、続きがどうにも気になって、全部見てしもた。気ぃついたらこんな時間や。とんだ夜ふかしやな」

先輩の言う「ネトフリ」というのは、Netflixのことだ。有料のストリーミングサービスで、驚くほど色々なジャンルの番組を提供している。

夕食後、先輩が気になるというイギリスの警察もののドラマをリビングのテレビで初回だけ一緒に見てから、僕はダイニングテーブルで執筆の仕事に取りかかった。

先輩は寝室に引き上げたのでてっきり寝たのかと思ったのに、どうやら僕に気を使ってくれていたらしい。

「僕、さほど音は気にならないほうなんで、こっちで見続けてくれても大丈夫だったのに」

思わずそう言うと、先輩は片手を軽く振った。

「いやいや、ホンマに寝るつもりやってんて。そやけど、あのドラマを勧めてくれたバイト先のドクターに『一話だけ見ました』ってLINEで報告したら、『ホンマにおもろいんは三話からやで先生！』って言われてな」

「で、うかうかと見たと」

「ほんまに三話からハチャメチャにおもろかったと」

「だからって、全話通さなくても、ネトフリならいつでも好きなときに見られるじゃないですか」

思わず呆れてそう言うと、先輩はちょっとむくれた顔で腕組みした。

「やめられへんのがおもろいドラマやないか。言うて、お前かて仕事しとうんかと思うたら、えらい大規模な夜食作りやな」

「あはは、それは」

鋭い指摘に、僕は照れ笑いした。

キッチンに立つ僕の前には、大きなステンレスのボウルが一つ。

中に入っているのは、豚ひき肉に、チューブ入りのおろしにんにくとおろし生姜、それに醤油と塩胡椒、オイスターソースがちょっぴりとごま油を合わせ、手でよく混ぜ合わせたものだ。

そして、まな板の上には、みじん切りにしたニラとキャベツがちょっとした山を築いている。

「水餃子《すいぎょうざ》、作ろうと思って。ちょっとは夜食で味見するつもりでしたけど、ほとんどは冷凍して、近いうちに晩飯にしようと思ってるんですよ」

弁解めいた僕の説明に、先輩はむしろ困った顔をした。

「そうか。いや、それはええんやけど」

先輩の心配はよくわかる。

僕がこういうちまちました作業をするのは、たいてい執筆に行き詰まっているときなので、「またか」と思っているに違いない。

「違いますって。いや、客観的には違わないですけど」

「どっちやねん」

ますます困惑する先輩をよそに、僕はキャベツとニラをボウルに加えて、わしわしと手で混ぜ合わせながら答えた。

「ほとんどフルに書き直さなきゃいけないようなリテークが出たんですよ」

「やっぱしアカン奴やないか！」

「でも、今回は頑張れそうなんです」

「お。どういう心境の変化や？　いっつもやったら、パニックで半泣きになるとこやろ」

「うう、確かにそうなんですけど」

勢いよく混ぜ合わせたたねを手のひらで軽くならし、ベトベトになった手を洗いながら、僕は自分でも不思議なくらい明るい気持ちで言った。

「担当さんがリテークを出すってことは、今の原稿がダメってことと同時に、書き直したものを読んでみたいって思ってくれるってことなんだなって、そう気がついたんです」

「ほーん」

先輩は、意外そうに眉を上げる。

「僕がポジティブなの、そんなに驚きですかね」

「驚きっちゅうか、まあ、そうやな。担当さんはお前に期待してはるんやろし、お前がそういう考えに至れたっちゅうんは、なかなかの進歩なん違うか？」

「僕もそう思います。だから、どんな風に書き直してやろうかなってさっそく考え始めたんですけど、ぼーっと座ってるより、手を動かしながらのほうがいいアイデアが出そうだから、水餃子を作り始めたってわけです」

「そうか。ほな、俺もそろそろ心配性をやめんとあかんな。いつまでも先輩風をビュービュー吹かしとんのも失礼な話か」

やっと納得顔になって笑うと、先輩は水切りかごにまだ置いたままだったグラスを取り、水道水を汲《く》んでゴクリと飲んだ。

「えー、全然失礼じゃないですよ。っていうか、やめないでくださいよ、先輩風。僕、ずっとぴゅーぴゅー当たってたいです」

「ホンマか？」

先輩は、何故かちょっと嬉しそうに念を押す。僕もやけにくすぐったい気持ちになって頷いた。

「ほんとです。つか、先輩、もう寝ちゃいますか？」

「そのつもりやけど、なんでや？」

「いや、水餃子、葱《ねぎ》を追加したほうがいいかどうか迷ってて、ちょっと試食してほしいんですよ。あ、でも、寝る前に食べるのが嫌なら……」

「食う」

やや食い気味に返事をした先輩は、グラスをざっと洗って水切りかごに置いた。

「了解です。じゃ、茹でる用のお湯、沸かしてもらえます？　僕、その間にささっと包むんで。二つずつでいいですかね」

「十分やろ」

先輩はいちばん小さな片手鍋に水を張り、コンロの火にかけてくれた。

僕は餃子の皮のパックの端ギリギリのところをハサミで切り、粉だらけの皮を四枚取り出した。

柔らかくて滑らかな皮はよく伸びるので、あんをたっぷり詰め込むことができる。

試食にしては気前のいい量を包んでいると、先輩は何故か調味料入れの細い引き出しを開け、あれこれと取り出し始めた。

「先輩？」

視線で何をしているのかと問うと、先輩はさも当然といった口調で言った。

「餃子を食うんやったら、タレが必要やろが」

僕は、彼の張り切った表情が理解できず、首を傾げる。

「水餃子なら、わざわざ専用のタレを用意しなくても、酢醤油でよくないです？　あ、ラー油もありますし。僕が買ったものじゃないけど」

引き出しの奥まった場所に、僕の知らない小さなラー油の瓶があった。

先輩が取り出して調理台に置いたそれは、取っ手付きのフラスコのような形のガラス瓶だ。可愛《かわい》い唐辛子が、赤い液面にぷかっとヘタを出して浮かんでいる。

「ああ、それ、俺がこないだ買うてきてん。京都の山田《やまだ》さんとこの『ごまらぁ油』や。ごま製品をあれこれ作ってるメーカーやから、ラー油も旨いで」

「へえ、それは楽しみ。つか、先輩、何してるんです?」

「そやから、タレを作るねん」

「いや、だから酢醤油……」

「でもええけどな、神戸の味噌だれが、水餃子にも合うやろ」

「味噌だれ!」

僕はつい、弾んだ声を出してしまった。

東京にいたとき、テレビ番組で、「神戸の焼き餃子に味噌だれ」の組み合わせに芸能人が大喜びしているのを見たことが何度かある。

一度食べてみたいと思いつつ、まだ機会がなかった。

「味噌だれ、作れるんですか?」

「おう。ここに住んどった祖母が、簡単に作りよった。見て覚えたわ」

　涼しい顔でそう言うと、先輩は中くらいのガラスのボウルを取り出し、そこに砂糖と醤油、日本酒、酢、そして合わせ味噌をどんどん大さじで量りながら入れていった。

　僕が水餃子を包みながら横目で見た限り、醤油と酒と酢が大さじ1ずつ、砂糖が大さじ2、味噌が大さじ3くらいだったと思う。

　次にチューブのおろし生姜を二センチ分、おろしにんにくをほんの少しだけ足してぐるぐる混ぜると、ラップフィルムもかけずに電子レンジに入れて、無造作に三十秒加熱した。

　さらに、ボウルの中身を再びよく混ぜて、再び三十秒。

「熱っ」

　用心深く取り出し、さっき使った大さじの端っこにタレをつけて味見をした遠峯先輩は、そこに酢をもう少しだけ、そしてすりごま少々とラー油をほんの数滴落として再び味を確かめ、満足げに頷いた。

「これをこのまま冷やしたら、もっとどろっとする。ほしたら、祖母の味噌だれの完成や。ま、試食は熱いままでもええやろ」

「いい匂い」

　僕はふんふんと鼻をうごめかせつつ、太っちょの水餃子を四つ包み終え、ちょうど沸いた熱湯に一つずつ滑り込ませた。

　鍋の壁面や底にくっつかないよう、おたまで優しく湯を混ぜ、浮き上がってから三分ほど茹でれば出来上がりだ。

半透明になったつるっとした皮と、透けてみえる野菜たっぷりのあんが、やけに旨そうに見える。

「はい、どうぞ」

「おう、サンキュ」

僕たちはそれぞれの小皿に水餃子を二つずつ盛り、まだ熱い味噌だれをスプーンでかけて、十分に吹き冷ましてから頬張った。

「うま！」

「うま！」

互いの口から、ほぼ同時に同じ歓声が上がる。

シンプル極まりない水餃子と、まったりした甘味の味噌だれが、見事にマッチする。

酢醬油とはまた違った、豊かな味わいだ。

「味噌だれ、いけますね！」

「そやろ」

「葱は……」

頷き合いながら、僕たちはペロリと二個ずつの水餃子を平らげてしまった。

「要らん。これで完璧や」

「ですね！」

そこで会話は途切れた。

僕たちは、どこか寂しい気持ちで、空っぽになってしまった小皿を見下ろし、それからまるで示し合わせたように、まだあんがたっぷり入ったステンレスボウルへと視線を滑らせる。

「なあ」

先輩が発した短い呼びかけに、僕は真顔で頷いた。

「一緒にばばっと包んじゃって、あと五個ずつくらい、落ちついてテーブルで食べません？」

すると先輩は、患者のための薬の処方でも考えているような真剣な顔つきでこう言った。

「六個ずつやな。味噌だれで三個、酢醤油で三個や」

そんな魅力的すぎる提案に異議を唱えるはずがない。「明日は朝から仕事なのに、寝なくていいんですか」なんて野暮《やぼ》なことも、いい大人には訊《き》かない。

もう十分すぎるほど夜ふかしをしてしまったのだから、毒を食らわば皿まで、水餃子を食らわば朝まで、だ。

そんなわけで僕たちはキッチンで肩を並べ、猛然と水餃子を包み始めたのだった……。

六月

「遠峯先生、お疲れ様でした！」

「そちらもお疲れさん。お先です」

ナースステーションから声をかけてくれた馴染みの看護師たちに軽く手を上げて挨拶を返し、俺はちょうどやってきたエレベーターに乗り込んだ。

午後に白内障の手術をした患者たちのチェックを済ませ、今日の業務はこれにて終了である。

皆、経過は順調そうで、明日には予定どおり退院してもらえそうだ。

ホッとしつつ、俺は医局へ戻った。

俺の職場である眼科は、皆、わりに早じまいだ。他院へ出張するメンバーも多いので、医局には普段からあまり人気がない。

今日は少し遅くなったので、もうみんな帰ってしまったらしい。灯りこそついているが、扉はガッチリ施錠されている。

やや物寂しい気持ちで鍵を開け、俺は無言で中に入った。

急に全身を包む冷気に、思わず小さく身震いする。

六月に入って、病院には終日冷房が入るようになった。日中は嬉しいが、夕方になると、少し肌寒い。

俺はエアコンのスイッチを切り、ロッカーを開けた。

白衣を脱ぎつつふと視線を上げると、扉の内側に備え付けられた小さな鏡に映る自分の顔が見えた。

「……ああ」

思わず、溜め息が漏れる。

顎の先端からやや左側が三センチ四方くらい、ごく淡くはあるが青みがかっている。

いわゆる皮下出血というやつだ。まあ、よく見ないとわからない程度なのが、不幸中の幸いだが。

実は今日の昼前、外来でちょっとしたトラブルがあった。

初診でやってきたその患者は六十代の男性で、問診票に書かれた「気になっている症状」は、「最近、目が疲れやすく、視力が急に落ちた気もする。物が二重に見える気がするときもある」だった。

訴え自体は、さほど珍しいものではない。

年齢的にも症状からも、もっとも可能性が高いのは白内障や緑内障なのだが、基本的な検査を進めていくと、本人にはまったく自覚がなかったものの、けっこうな視野欠損があることがわかった。

しかも、学生の講義に使いたいくらい典型的な、外側半分ずつの視野欠損、つまり業界用語で言うところの「両耳側半盲」である。

つまり、患者は通常の半分の視野で生活していたことになるのだが、外側から徐々に狭まっていく上、見えていないところは脳が気を使って適当に補完してくれるせいで、余計に気付きにくいものなのだ。

他の検査結果とあわせ、俺がもっとも可能性が高いと判断したのは、脳腫瘍のひとつである下垂体腺腫だった。

つまり、眼科医である俺ではなく、脳外科医の領域だ。

俺は患者に、これまでの検査で得られたデータについて説明し、今の見立てについても率直に告げ、さらにＣＴやＭＲＩといった頭部の画像診断が必要になるので、この後、同じ病院内にある脳神経外科を受診するよう指示した。

しかし、それを聞くなり、患者が激昂《げきこう》したのである。

「いい加減にしろ！　バカにしやがって」

そう叫んで立ち上がるなり、彼は俺に摑みかかってきた。

いくら一方的に暴力を振るわれたからといって、医師が患者に応戦するわけにはいかない。ただひたすら防御に徹し、診察室から飛び出していった看護師が応援を連れて戻るまで耐えるのみだ。

顎の皮下出血は、そのときに彼が振り回した拳が擦ってできたものだ。

幸い、両隣の診察室の同僚たちがすぐに駆けつけ、俺に馬乗りになっていた患者を丁重に引き離してくれたからよかったが、とにかく肝が冷えた。

別室でしばらく過ごしてもらい、どうにか落ちついた患者と、上司を交えて再び話をしたところ、彼の激怒の引き金は、「脳腫瘍の疑いがある」という俺の説明ではなく、「今から脳神経外科を受診するように」という指示のほうだった。

俺が勤めるここN総合病院は、基本的に外来診療は予約制だ。

飛び込みの新患は、予約に空きがあればその枠で診察するが、さもなくば、よほど緊急性がない限り、すべての予約患者の診察が終わるまで待ってもらうことになる。

まさに飛び込み受診の彼がそうしたシステムについて説明を受けなかったのか、あるいは受けたが聞いていなかったのか、俺には知る由もない。

だが、とにかく、死ぬほど待たされたというのに、短い診察時間で（初診なのでむしろ長めなのだが）、癇《かん》に障る検査ばかり次々と受けさせられ（まあわかる）、挙げ句の果てに、目が悪いから来ているのに頭が悪いと言われた上（相当に曲解されていた）、他へたらい回しとは何ごとか（適切な科への紹介なのだが）、と怒り心頭に発したらしい。

つまりは、彼は俺にはどうすることもできない、この病院の外来診察システムに腹を立てていたのである。

さすがに彼も、ひとしきり感情を爆発させて冷静さを取り戻すと、理不尽な八つ当たりだったと認めて詫《わ》びてくれた。

俺も別に大ごとにするつもりはないし、実際、具合が悪いときの待ち時間の長さが耐えがたいというのは、俺のせいではないにせよ、十分に理解できる。

これからしばらく大変でしょうが、まずは脳神経外科でさらに精査してもらい、根気強く治療を受けてくださいと言って、俺は仕事に戻った。

それから今までけっこうバタバタしていて自分のことを省みる余裕がなかったが、白衣を脱いでみれば、腕のあちこちに、顎よりあからさまな皮下出血がある。ポロシャツの下も、似たような状態になっていることだろう。

（まったく、ろくでもない目に遭ったな）

勤務中は気を張っていたから感じなかったが、今になって、どっと疲れが押し寄せてきた。

同僚たちの手前、あんなトラブルは何でもないという風を装っていたが、実は相当にビビっていたらしい。よく考えたら、昼飯を食うことすら忘れていた。

「まあ、大事なくてよかった。早く帰って、白石に晩飯を食わせてもらおう」

自分にそう言い聞かせて白衣をハンガーにかけた俺は、バッグを取り出し、ロッカーの扉を荒っぽく閉めた。


病棟のエントランスから外に出ると、朝から降り続いていた雨はまだやんでおらず、まだ午後六時過ぎだというのに、辺りはずいぶんと暗かった。

目の前のタクシー乗り場には、いつもなら数台のタクシーが客待ちをしているはずだが、今日は綺麗《きれい》に出払っている。

こんな足元の悪い日には、患者も見舞客もタクシーを使いたくなるだろう。

俺は、屋根の下でバッグから取り出した折りたたみ傘を広げながら、いつもより低く見える灰色の空を見上げた。

じめじめ。

この擬音を最初に使い始めたのは、いったい誰なのだろう。

何もかもが湿気《しけ》た状態を表現するには、これ以上ないほど巧みな表現だと思う。

今年の梅雨は、なかなか気合いが入っている。

もう十日も、天気予報に傘のマークがつきっ放しだ。

勿論、ずっと本降りなわけではないが、それでも傘を使わない日が一日もないというのは、なかなかの鬱陶しさだ。

傘を広げ、さて駅へ行こうと思ったそのとき、どこかで見ていたのかと驚くほどの絶妙なタイミングで、バッグの中のスマートホンがLINEの着信を告げた。

「ん？」

俺はやむなく傘の軸を肩に預け、スマートホンをバッグから引っ張り出して、片手で電源を入れた。

『先輩、まだ仕事ですか？』

LINEを立ち上げると、白石からそんなメッセージが届いている。

「今、病院出たとこや」

そう返信すると、すぐにメッセージが返ってきた。

『じゃあ、ホームセンターでもコンビニでも百円ショップでもどこでもいいんで寄り道して、アルコールと雑巾を買って帰ってください』

「あ？」

思いもよらないリクエストに、リアルに変な声が出た。

「アルコールと雑巾？」

『はい。アルコールは、スプレーできるやつ。あと、雑巾は普通のでいいです。できたら十枚くらいあるといいかな』

メッセージに目を通し、俺は絶句した。

いったい我が家のどこに、アルコール、おそらくエタノールのことだろうが、そんなものと十枚もの雑巾が活躍する場所があるというのか。

理由を問《と》い質《ただ》したいが、いい大人が、こんな場所でいつまでもスマートホンを弄《いじ》っているのはどうにも不格好だ。

とはいえ、寄り道などせず、真《ま》っ直《す》ぐ帰宅したい疲労困憊《ひろうこんぱい》ぶりなので、俺は一言だけ訊ねてみた。

「今日でないとアカンのか？」

『ダメです』

容赦ない即答に食い下がる気力もなく、俺は「了解」と打ち返し、返事を待たずにスマートホンをバッグに放り込んだ。

この雨の中、トラブルに見舞われて疲れ果てている先輩に、よりにもよってそんな買い物を言いつけるのはあんまりな仕打ちではないのか、後輩よ。

妙にむしゃくしゃした気分だが、引き受けたからにはきちんとこのお使い業務をこなさねばなるまい。

「まずは、駅前の薬局から寄ってみるか」

口の中で呟いて傘を広げ、俺はしとしと降り続く雨の中へ、一歩踏み出した。

自宅に帰り着き、玄関の扉を開けるなり、白石がリビングから飛び出してきた。

「お帰りなさい！」

やけに切羽詰まった表情だ。

「ただいま」

「頼んでたやつは？　ありました？」

挨拶を返すなり、白石はそう問いかけてきた。

まるで、俺ではなくアルコールと雑巾を待ち構えていたような態度に軽く苛《いら》つきつつ、俺は片手に提げていたエコバッグを白石に突き出した。

「雑巾は、布雑巾っちゅう奴でよかったんやろ？　それと、スプレー容器入りのエタノールを買うてきた」

「よかった〜！　これで何とか対処できるかな」

ホッとした顔の白石を訝《いぶか》りつつ、俺は靴を脱ぎ、家に上がった。

「何をする気やねんな」

「それが、その。先輩、風呂に行く前に、ちょっと見てもらえます？」

「何をや」

「ちょっとこっちへ」

やけに気まずそうに、白石は俺を手招きする。

疲れているところに勿体《もったい》ぶった態度を取られて、俺は本格的にイライラしつつ、それでも奴に従った。

白石が俺を連れていったのは、玄関脇の和室の前だった。

襖《ふすま》に手を掛け、白石は俺に真顔でこう言った。

「開けますから、ちょっとだけ息を止めていてください」

「息を？」

「たぶん、そうしたほうがいいと思います。開けます」

わけがわからないが、言われたとおり、息を大きく吸い込んで止める。

自分も同じように息を止め、白石はやけにしずしずと襖を開けた。

和室から漂ってくる、妙な臭気が鼻をつく。

灯りがつけられた瞬間、臭いの原因が理解できた。

和室の畳が……黄色いはずの畳の表面が、ヤケに緑っぽいというか、青っぽいというか、とにかく一面に変色している。

これは、間違いなく……。

「黴《かび》やないか！」

俺が驚きの声を上げると、白石は、やはりすす……と襖を閉め、俺に向き直った。その静かすぎる動きは、おそらく黴を舞い上がらせないための配慮だろう。

「そうなんですよ。一面に黴びちゃって。それで、掃除するためのアルコールと雑巾を、急遽《きゆうきよ》、先輩にお願いしたわけです」

「なるほど……や、ないわ。なんであないなことに？」

「その……夕方、今書いてる小説で和室の描写があるんで、ちょっと見てみたいと思って久々に襖を開けたら、あの惨状で」

白石の言葉にちょっと引っかかるところを覚え、俺は眉をひそめた。

「久々に？」

するると白石は、決まり悪そうに上目遣いで俺を見た。

「ここんとこ、原稿が佳境で、家事がもろもろ省エネモードだったもんで……使わない和室はノータッチだったんですよね」

「ノータッチ、っちゅうことは」

「雨戸を閉めたまま、そうだなあ……二週間ちょっとくらい、全然入ってなかったんです」

「つまり、この湿気の中、一切風を通してへんかったわけか」

「そうなりますね。その間、ほぼずーっと雨が降ってましたし、床下からの湿気がこもっちゃったんですねえ。蒸し暑かったのもよくなかったんだろうな」

まるで他人事のような白石の口調に、自分でも不思議なくらいカチンと来て、俺は反射的に言い返していた。

「おい、何を不可抗力みたいに言うとんねん。お前がちゃんと雨戸を開け閉めしとったら、起こらんかったことやろが」

するとと白石は、あからさまな不満顔をした。

「それはそうですけど」

「雨戸開けて風通すくらい、五分もかからんやろが。なんぼ仕事が忙しい言うても」

「ちょっと待ってくださいよ！」

苛立ちに任せて言い募ろうとした俺を乱暴に遮り、白石は怒りの表情で俺を睨《にら》みつけた。

奴がそんな顔を見せたのは初めてで、俺は思わずたじろいでしまう。

「な……なんやねん」

「なんやねんじゃないですよ、ここは先輩の家でしょ!?」

「それは、そうやけど」

「そりゃ、僕はだいたい家にいるし、家賃だって安くして貰ってるし、全然苦にならないから家事を引き受けてますよ。だけど、いくらなんでも家を丸ごと管理する義務はないと思うんですけど！」

白石が珍しく本気で言い返してきたことも、それが正論であることも、俺の神経を不必要に逆撫《さかな》ででした。

「義務やとは言うてへん！　そやけど、いつもお前がやっとったことやから、俺は」

自分でも驚くほど声を荒らげてしまった俺に、白石のほうも上擦った声で反撃してくる。

「僕がいつもやるから、家事全般関係無いみたいなこと言うんなら、もうやりません！　全部、先輩が自分でやってください。先輩の家なんだから！」

「おう、お前がおらんでも、俺はひとりでここで生活できとったんや！　恩着せがましゅう言われるくらいやったら、何もして貰わんほうがええわ！」

「わかりました！　もうやりません！」

「そうせえ！」

もはや、絵に描いたような売り言葉に買い言葉である。

家事をやって貰わなくてもいいと言い放った直後に白石の作った飯を食うわけにはいかないし、怒りがみぞおちあたりに凝り固まっていて空腹を感じることもなかったので、俺は踵《きびす》を返すとドスドスと階段を踏みしめ、自分の部屋へと向かった。

背後でリビングのドアが荒々しく閉まる音が聞こえたが、俺は振り返ることもしなかった……。


「む？」

ハッと目を開けたら、室内は明るかった。

朝の光が差しているからではない、灯りを点けっぱなしにしているからだ。

「なんやこれ？」

しかも、片手にはスマートホンを持ったままだ。

狼狽《うろた》えながら、とりあえず電源を入れてみた俺は、液晶画面に表示された時刻を見て仰天した。

まさかの午前一時過ぎだ。

白石と口喧嘩《くちげんか》したあと、イライラしたまま入浴だけは済ませ（湯を張ってくれたのは白石なので気まずかったが、病院から戻ってそのままというわけにはいかなかった）、パジャマに着替えてベッドに大の字になったのは覚えている。

そのとき、瞬《まばた》きをしただけのつもりが、何故か五時間も経《た》っていたというわけだ。

一瞬、時をかけてしまったのかと思ったが、そんなわけはない。

どうやら、目を閉じた瞬間に熟睡してしまっていたらしい。就寝というより気絶だ。

俺は呆然《ぼうぜん》としたまま、むっくりとベッドに身を起こした。

寝返りすら打った気配がない。恐ろしく深い眠りだったのだろう。

やけに頭がスッキリして、疲労感が綺麗さっぱり消えている。

うーんと唸《うな》りながら胡座《あぐら》をかき、思いきり腕を上に突き上げて伸びをすると、ますます爽快な気持ちになった。

が、次の瞬間、五時間前の白石との諍《いさか》いを思い出し、俺の両腕は、力なくシーツの上に落ちた。

「あー……しょーもないことで揉めてしもた」

やり取りを思い返せば、全面的に白石が正しい。

あいつが家のことをたいてい引き受けてくれているのをいいことに、俺はいささか怠けすぎていた。

ありがたいと思う気持ちは常に持っていたつもりだが、それでも、白石が好きでやっていることだからとか、自分が手を出すとかえって邪魔になるからとか、都合のいい言い訳をして、一人暮らしだった頃は当たり前のようにやっていたことまでサボるようになっていた。

いかん。

そんな怠惰を棚に上げて、和室の畳が黴びた原因をあいつに押しつけ、責め立てるなど、卑怯《ひきょう》にもほどがある。

「しもた……」

これではまるで、今日、いや、もう昨日のあの患者と同じではないか。

他のことで募らせた疲労と苛立ちを、まったく無関係の人間に向かって爆発させてしまった。

拳で殴る代わりに、言葉で殴ったようなものだ。

「謝らんとあかんな」

俺は、のろのろとベッドから下りた。

おそらく白石は、階下で執筆作業をしているだろう。

仕事の邪魔をしてしまうが、五分だけ貰って詫びよう。これは、朝まで引きずってはいけない案件だ。

腹を決めて階段を降り、リビングの扉を開けると、案の定カタカタというお馴染みのキーボードを叩く音が聞こえてきた。

俺は一つ大きく深呼吸してから、大股で部屋に踏み込んだ。そして、そのままの勢いでリビングを横切り、続き間のダイニングキッチンへと向かう。

「あれ、先輩？」

ノートパソコンに向かっていた白石は、俺に気付くと驚いて目を丸くした。

「おう」

どうにもこうにも決まり悪くて、俺は軽く片手を上げて挨拶する。

「どうしたんですか？　まさか、ずっと起きてた？」

「いや。爆睡しとった」

「なんだ、よかった」

白石がちょっと困り顔をして何か言おうとしたので、俺は慌てて先に謝罪の言葉を口にした。

「その、さっきはすまんかった！　百パーセント、八つ当たりや。昨日、病院で一問着《ひともんちゃく》あってな。そんで、イライラしとって、つい。いや、言い訳やな。お前に甘えとった。ほんまにすまん！」

ひと息にそう言って頭を下げると、白石はばね仕掛けの人形のような勢いで立ち上がり、俺より深く礼をした。

「僕こそ！　逆ギレしちゃってすいませんでした」

「いや。お前が正しい。お前には、この家を管理する義務なんかあれへん」

「義務じゃなくても、僕が好きでやってたことを怠けたんですから、あの黴は僕のせいですよ。やっちゃったって思ったから、つい言い訳したくなっちゃったんです」

「言い訳は俺やて」

「いえ、僕です」

「俺や！」

「僕……あれ」

「……む」

今度はどちらに非があるかで論争になりそうになるわ、自分が悪いと示すために、お互いどんどん頭を下げていって、直角を過ぎてしまいそうになるわで、俺たちは同時に口をそして、姿勢を戻すなり、相手の顔を見て二人して噴き出す。

「お前、頭下げすぎて顔真っ赤やぞ」

「先輩もですよ。もうチャラにしましょ。つまんないケンカでした」

白石がいつものように笑っていてくれることが、心底嬉しい。

俺は安堵しつつも、やはり言わずにはいられなかった。

「ホンマにな。せやけど、ちゃんと謝っとく。すまん。和室の黴のことだけやのうて、お前に家事を任せっきりにしとったことも、あと、その、晩飯……作ってくれてんやろ？食わんかって、すまんかった。お前は？」

「食べましたよ、むしゃむしゃ。ヤケ食いです」

白石はカラリと笑ってそう言ってから、ちょっと心配そうに俺を見た。

「先輩、お腹減ったでしょ。それとも、部屋にお菓子でも備蓄してるんですか？」

「してへんわ。風呂上がりにそのままバタンって寝てしもた」

「じゃあ、晩飯食います？」

「さすがに、この時間に食うと明日、胃もたれしそうや。ああ、けど、俺の分、無駄にしてしまうんは……」

「無駄になんかしませんよ。ほら」

嗉《つぐ》んだ。

白石はキッチンの調理台から、弁当箱を持ってきた。

生前、祖母が使っていた、曲げわっぱの弁当箱だ。祖母はよく、夕食の残り物を弁当に詰めて、翌日の昼に食べていた。

何故わざわざ詰めるのかと訊ねたら、「残り物でも、お弁当にしたら何とのう華やぐし、女学生時代を思い出すやないの」と笑っていたものだ。

「弁当か？」

「そう。無理矢理持たせて、昼に食べてもらおうと思って、先輩の分はがっつり詰めておきました」

そう言って、白石は弁当箱の蓋を取り、中身を俺に見せた。

恐ろしく充実した弁当だ。四割弱のスペースを占めるごはんの上には、ちりめん山椒が気前よく散らされている。明日になれば、その味がごはんに染みて、なお旨くなるだろう。

おかずもたっぷりだ。

「チンゲンサイを茹でて、醬油で和《あ》えておかかをまぶしたやつでしょ、それから、茄子《なす》と豚肉としめじを甘味噌で炒めたやつでしょ、あと、甘辛味にちょっとお酢を足して煮た鶏《とり》肉《にく》とゆで卵」

白石は、詰めた料理を指さしながら説明してくれる。

仕事が忙しいというのに、これだけの料理を作って待っていてくれたのか。

それなのに俺は、たかがエタノールと雑巾を買って帰ったくらいで苛ついて、まったくとんだ阿呆《あほう》だ。

自己嫌悪がそのまま顔に出ていたのだろう。白石は、むしろ慰めるような口調で、「そんな顔、しないでくださいよ」と言った。

「いや、そやかて、やっぱし最悪やないか、俺は」

「そこまでじゃないですって！　先輩にだって、不機嫌な日はありますよ」

「そらそやけど」

「先輩にトラブルがあったなんて想像もしないで、強引に買い物を頼んじゃった僕も悪かったです。あんなに凄い黴を見たのは初めてだったので、焦っちゃって」

「俺も焦った。……あ、まさか」

「はい？」

「あれ、ひとりで掃除したりしてへんやろな？」

俺が慌てて訊ねると、白石は弁当箱の蓋を閉めて調理台の上に戻し、フフッと笑った。

「僕もだいぶムカついてたんで、当てつけでやってやろうかと思ったりしたんですけど、ちょうどそこに、担当さんから進捗を訊ねる電話が掛かってきたんですよね。喋《しゃべ》ってるうちに何だか気持ちが落ちついたから、飯食って、仕事をしてました」

「そら、よかった」

心底ホッとした俺に、白石は面白そうに笑った。

「掃除、手伝ってくれるんですか？」

俺は、かぶりを振った。

「手伝うん違う、一緒にやるんが当たり前やろが」

「そうでした。じゃ、明日の夜、一緒にやりましょ。二人でやったら、まあまあ早く済むんじゃないかな」

今度は、俺も頷く。

「おう。そやけど、黴取り掃除のやり方、知っとるんか？」

「ネットで調べました。掃除機で胞子を吸い取って、雑巾でから拭きして、アルコールで拭いて、またから拭きだそうです」

「……なるほど、雑巾十枚、使い切りそうやな。明日は、できるだけはよ帰る」

「そうしてください。僕も、一日分のノルマ、早めに片付けるようにします」

「おう。そんで、帰りに寿司《すし》買うて帰るから、晩飯は作らんでええ。掃除でお前の仕事時間をロスする分、それで埋めさしてくれ」

俺がそう言うと、白石は嬉しそうに「寿司！」と声を弾ませた。

「おう、寿司や」

寿司という言葉を連呼したら、謝罪が無事に済んだ安堵も手伝い、突然、空腹感が襲ってきた。

ぎゅるる、と腹が正直過ぎる声を上げてしまう。

白石は、笑顔のままで冷蔵庫を指さした。

「僕、これから果物でも食べようかと思ってたところなんですけど、先輩もそれならいけるんじゃないですか?」

「果糖は吸収がええねんけど……まあ、ちょっと食わんと腹減って眠れんな、これは」

「でしょうね。すぐ用意しますから、座っててくださいよ」

「手伝わんでええんか?」

「手伝ってもらうことが特に……ああ、じゃあ、器を出してください。いつもサラダを入れるちっちゃいボウルでいいです。あと、スプーンふたつ」

「わかった」

俺が食器棚のほうに行くと、白石は冷凍庫から何かを取り出して調理台に並べた。

俺はボウルとスプーンをテーブルに置いてから、白石の隣に立った。

彼の前には、密封できる樹脂製の保存袋が置かれている。何か、赤いものが入っているが、正体がよくわからない。

「何や、それ」

「へへ、先月、もうシーズンが終わりかけだったんで、小粒の苺《いちご》がめちゃくちゃ安かったんですよ。たぶん、ジャム用とかだと思うんですけど」

「ほーん」

「その苺をこの袋に入れて、砂糖とレモン汁を適当に足して、ゲンコツでバシバシ潰して平たくして冷凍したのが、これです。料理雑誌で見て、試してみました」

「お前、まめやなあ。冷凍苺か」

「たぶんこれだけでも美味しいんですけど、ちょっと試してみたいことがあって」

そう言いながら、白石はフードプロセッサーを戸棚から出して、コンセントに繋いだ。

冷凍苺をパキパキ小さいかけらに割ってフードプロセッサーに入れ、その上から無糖のヨーグルトを加え、ほんの十秒ほど回せば、なるほど、あっという間にフローズンヨーグルトの完成だ。

小さなサラダボウル二つにたっぷり盛り分けられたそれを、俺たちは、いつものように差し向かいで食べた。

「野郎二人で深夜に食うには、ファンシー過ぎへんか、これ」

「いいじゃないですか。ヘルシーなお夜食って奴ですよ。いただきます！」

「いただきます」

スプーンでたっぷりすくって頬張った途端、俺は思わず目を瞠《みは》ってしまった。

思いのほか、旨い。というか、とても旨い。

苺とヨーグルトなのだから、そもそもまずくなりようがないのだが、白石が冷凍苺を作るときに入れたレモン汁の酸味が、いい具合にヨーグルトの風味と苺の甘さを引き立てている。

とても柔らかいので、口に入れるとシュワッと溶けて、喉のほうへ流れていく感じが心地よい。残った苺の種をプチプチ嚙み潰すのも楽しい。

白石はといえば、まずは毎日続けているレシピブログ用の写真をスマートホンで何枚か撮影してから、俺の顔を見て、「美味しいみたいですね」と得意げに言った。

「滅茶苦茶《めちゃくちゃ》旨い。こんなもん、こない簡単に作れるんやったら、アイスクリームなんか買わんでええな」

「いや、アイスはアイスで旨いですもん。そこは積極的に買っていきましょう。でもこれは、凄くスッキリあっさりしてていいですね。梅雨どきにピッタリっていうか」

「確かに。なんや、ジメジメ鬱陶しいんを吹っ飛ばすような味がする」

「レモンの勝利だなあ」

「そやな」

いつものように味の感想を言い合っていると、ようやく平和な日常が戻ったと実感できて、緊張の糸がユルユルになっていくのを感じる。

「やっぱし、家はええなあ」

思わずそんな声が漏れた。白石は、悪戯っぽくくりくりした目を光らせる。

「和室の畳が黴びてても?」

「それもまた、梅雨の思い出や。明日は、大掃除のあとに、寿司とビールで打ち上げやで!」

「おー!」

白石は、片手を突き上げて気合いを入れる。

俺たちの初めてのケンカは、こうして呆気なく他愛なく終了したのだった。

七月

梅雨明け以来、夏らしい日が続いている。

つまり、今年の七月も死ぬほど暑い。

七月でこれなら、八月はどうなってしまうんだと不安になるくらい暑い。


そして今日は、遠峯先輩がウザい。

いや違う、それはちょっと正確ではない。

面倒臭い。そして、可哀想でもある。

これが僕の気持ちとしては、かなり正しい表現だと思う。

先輩は高校時代からずっと僕の憧れの人だし、今も誰より尊敬しているし、行く場所のなかった僕を何も詮索せずに迎え入れて、それからずっと住まわせてくれていることにも、心から感謝している。

　でも、そうしたことをすべて踏まえても、今の先輩はなかなかにアレ……と言わざるを得ない。

「あ～～～」

ダイニングテーブルで仕事をしている僕が、ノートパソコン越しに見ることができるのは、続き間のリビングの三人掛けソファーだ。

その背もたれの向こうから、断続的に奇声が聞こえてくる。

この家には二人しかいないのだから、僕が黙っている以上、声を発しているのは遠峯先輩しかいない。

「あ～～なんでや～～～」

やっと日本語が交じった。

パタパタとキーを叩きながらそんなことを思っていたら、先輩がむっくり起き上がり、背もたれに両腕と顎を載せた。

まったく、と僕は心の中で溜め息をつく。

高校時代の遠峯先輩は、まさに完璧超人だった。

さすがにオリンピック選手とまではいかなかったけれど、アーチェリーの腕前はインターハイに出場するほどだったし、医学部にストレートで合格するくらい勉強もできた。

その上、高校時代からかっこよくて大人びていたから、他校の女の子にまでずいぶん人気があったと聞いたことがある。

その先輩が大人になった今、レンジで加熱しすぎた餅みたいなだらけた姿勢で、しかも右目だけを泣き腫らしたあとのように真っ赤にして、ふてくされた顔でこちらを見ているのだ。

　僕のなんとも複雑な気持ちを察してほしい。

「なあ、白石よ」

「はい」

「なんで、眼科医がウイルス性結膜炎なんぞになるねん」

「患者さんからうつされたって、自分で言ってたじゃないですか、昨日」

「いや、それはそうやねん。そうやねんけど、こっちかてうつらんように万全の注意をしとるのに……はあ。恥ずかしい。穴があったら、さらに掘削してから埋まりたい」

　恥ずかしい恥ずかしいと繰り返し、先輩はズルズルと再びソファーに沈んでいく。

　先輩が早退して帰宅した昨日の午後から、何度となく繰り返したやりとりだ。

　どうやら、眼科医である先輩にとって、ウイルス性結膜炎になるというのは、小説家である僕が、自分の本に誤植を見つけるくらいの特大の恥であるらしい。

　それなりに他人に感染する病気だそうなので、先輩は病院での仕事をしばらく休まなくてはならなくなり、それならばと急遽、今日から一週間の夏休みに入った。

　僕はこれまで結膜炎になったことがないからわからないが、悪いほうの目がゴロゴロして痛がゆいそうだし、目やにと涙が無闇に出るらしい。

ずいぶんと気持ちが悪いだろうな、と想像はするし気の毒だとは思うけれど、僕にできることは何もない。

というか、僕にもうつる可能性があるので、「極力、俺とものを共用すんな。特にタオル」と厳命された。

それだけでなく、先輩が使ったタオルや脱いだ服を触って僕が感染してはいけないからと、先輩は「洗濯もんは、洗濯機に入れるまでは俺がやる」と宣言し、同様に、食器からうつるといけないからと、食後の洗い物も、まずは先輩が食器に熱湯を掛けて消毒してくれるようになった。

もっとも、洗濯も洗い物も、そこから先は僕がやったほうが感染を避けられるので、むしろややこしい役割分担になってしまっているけれど、まあ仕方がない。

入浴の順番も、僕が必ず先に入ることになった。

本人は滅茶苦茶落ち込んでグンニャリしているのに、僕に結膜炎をうつさないようにすることにかけては驚くほど厳密で、さすが眼科の医者だ。

感心するわ可哀想だわウザいわで、こっちの感情がグチャグチャになってくる。

僕はチラと時計を見た。

午後二時四十三分。

僕は昼過ぎに起きてから何も食べていないので、そろそろ軽くつまみたいところだ。

先輩は、目が気持ち悪くてイライラしながら朝早く目覚めてしまい、昼前にテレビを見ながら冷凍食品のチャーハンを食べたと言っていた。

その程度の食事量なら、そろそろ小腹が減っているかもしれない。

「何か食べます？　じきにおやつの時間だし」

声を掛けてみると、ソファーの背もたれの向こうから、陰気くさい声が返ってきた。

「おやつ……。おやつ、なあ」

どうやら気が向かないらしい。でも、断固拒否する感じでもないので、もうひと押ししてみることにする。

「甘いものを食べると、たぶん元気が出ますよ」

しばらくの沈黙の後、ちょっとだけ力の入った声が聞こえた。

「甘いもんて、具体的には？」

「んー、そうだなあ。家の中は涼しいから関係ないっちゃないですけど、外は暑いから、なんか冷たいものとか？」

「アイスか？」

「アイスもありますよ。あ、それ以外に、いいものあった！」

「ん？」

先輩は、むっくり起き上がる。

僕は席を立ち、フリーザーから目当てのものを取り出して、両手にひとつずつ持って先輩に見せた。

先輩は、軽く眉をひそめ、キリンみたいに首を伸ばして僕の手の中の平べったいパッケージを見た。

「なんや、それ」

「雪いちご！」

「雪？　いちご？　やっぱしアイスか？　それともシャーベットか？」

「ふふふ、どっちでもないみたいなんだなあ。ちょっとこっち来てみてくださいよ。一緒に食べましょ」

「……ふむ」

先輩はようやく立ち上がり、テーブルについてくれた。

パチパチと不快そうに瞬きをしているのがなんとも気の毒だ。

「はい、どうぞ。もしかしたら、あとで熱いお茶とか飲みたくなるかも」

使い捨ての小さなスプーンを添えて出したら、先輩は涙と目やにで見えにくいのだろう、右目をギュッとつぶり、左目だけで、パッケージの裏表をしげしげと眺めた。

「群馬《ぐんま》のいちごか。『たくみの里　いちごの家』て、めっちゃいちごばっかし作ってる感じの店名やな」

「実際、いちご農家さんが作ってるらしいですよ。僕の担当編集さんが、暑いからこれでも食べて頑張ってくださいって、ちょうど昨日、送ってくれたんです。お気に入りの氷菓なんですって」

「へえ。ありがたいこっちゃな」

「ほんとに。ほら、蓋のシールに書いてありますよ。『雪いちご　いちご100%。谷川《たにがわ》岳《だけ》の雪どけ水で育てたいちごを凍らせて削りました』って」

先輩は、器用に左目だけを見開いた。

「ほな、いちごを削って作ったかき氷みたいなもんか」

「パッケージ越しに見える感じでは、かき氷よりは粗い削り方なのかな。とにかく、百聞は一匙《さじ》にしかず、ですよ。食べてみましょう」

「そやな」

蓋を外すと、中に練乳を入れた小さな容器が入っている。それを取り出してしまえば、残りの中身はすべていちごだ。

薄く削られたいちごが、かちんこちんに凍った状態でぎっしり詰め込まれている。

「練乳いちごの凍らせた版だ。美味しそう。まずは……」

「そのものの味を知らんとな」

変なところで意見が一致する僕らは、ひと匙めは練乳をつけず、固まったいちごをスプーンの先でほぐしてから、少しすくって口に入れてみた。

「んー！」

冷たさに、思わず声が出た。

いちごを削ったものなのだから想像どおりの味なのに、いや、だからこそ、嬉しくなってしまう。

なるほど、冷たいと甘味より酸味を強く感じてしまうらしい。それで、練乳がたっぷりついているのだろう。

「うん、やっぱし、かけたほうが旨いな。練乳といちごは出会いもんや」

当初はまったく気乗りがしていなかった先輩なのに、もうスプーンの先に練乳を少し取っては、慎重にいちごと合わせてせっせと口に運んでいる。

「先輩は、どばーっとかけない派ですか」

「どばーっとかけたら、下のほうには届かんで、酸っぱい味でフィニッシュしてしまうやろが。それよりは、練乳が余ってしもて最後の一口が甘いほうが幸せやないか」

「な、なるほど」

先輩の頭が良さそうな顔、しかもこれ以上ないくらい真剣な面持ちと血走った（病気のせいだけど）目で言われたら、説得力が半端ない。

僕も先輩に倣って、スプーンの先を練乳に浸し、それを引き上げていちごを掬《すく》うというやり方で食べてみた。

なるほど、適切な練乳の量だ！

混ぜないから、練乳の味といちごの味が最初は別々に感じられ、それが口の中で溶けて一つになっていく感覚が、なんとも心地いい。

「美味しいですねえ」

「旨いなあ」

単純すぎるやり取りを何度も繰り返し、ひたすら食べ続ける。

あっと言う間にすべて平らげてしまい、先輩は満足そうに溜め息をついた。

「はー、冷たくて旨いもん食うたら、右目の気持ち悪さがちょっと薄れたわ」

「そりゃよかったです。とはいえ、ずっといちご食べてるわけにもいきませんしね」

「そやなあ。あ、担当さんに、旨かったですありがとうございますて言うといてな」

「はーい。あとでお礼のメール送っときます」

ティッシュペーパーを一枚取って口と指を拭った先輩は、また浮かない顔で天井を見上げた。

「それにしても、史上最高にしょーもない夏休みや。ウイルスを抱えとるから、どこにも行かれへんし、目ぇが鬱陶しいからテレビも本も気ぃ乗らんし。何して過ごしたらええんやろな」

先輩とほぼ同時に腕組みして、僕も考え込んだ。

「うーん。とりあえず病気なんですから、寝るのがいちばんいいのでは？」

「寝休暇、なあ」

「僕は素人だからわかんないですけど、目を休めたほうがいいんでしょ、やっぱり」

「まあ、対ウイルスにはさほど関係ないやろけど、目ぇ使うんがしんどいねんから、休めるしかあれへんわなあ」

「でしょ？　晩飯まで昼寝しちゃったらどうです？　もう、眠れるときにこの先一年分を前払いでゲットする気概で！」

「現在の医学的見解では、寝だめはできへんらしいぞ」

顰めっ面でそう言ってから、先輩は腕組みを解いて済まなそうに眉毛をハの字にした。

「そやけど、ここでお前の仕事を邪魔しながらグダグダ文句言うとってもしゃーないわな。暇やねんから家事をしたらええようなもんやけど、ウイルスをくっつけて歩くことになるからできへんし」

「夏休み中の病人が、そんな気を使わなくていいですよ。眠れなくても、横になって身体を休めてくださいよ」

「そうするわ。ほなな」

「はーい」

先輩は、さっきよりはキレのいい動きで空き容器とスプーンを捨て、「おやすみ」と言い残して二階へ上がっていった。

(眠れるといいけど)

いつもお世話になっている後輩としては、弱った先輩にもっとあれこれ世話を焼いてあげたいところなのに、先輩は目に見えないウイルスを量産している状態なので、必要以上に一緒にいてはいけないらしい。

先輩だけでなく、僕もちょっと消化不良な気分だけれど、これぱっかりはしょうがない。

(早くよくなって、夏休みの終盤くらい、どっか出掛けられたらいいのにな)

僕のほうは自由業だし、今は〆切までだいぶ余裕がある。先輩さえ大丈夫になれば、どこへでも付き合える。

(うん、せめて早く治るように、栄養のある飯を作ろう。目にいいメニューとか、先輩は凄く嫌う言葉だけど、「免疫力アップ」のメニューとか、検索してみるかな)

仕事に戻る前にちょっとだけ、と、僕はノートパソコンを引き寄せ、いつもお世話になっている料理レシピサイトを立ち上げた。

そして、「目にいい」で検索をかけ、画面にズラリと並んだブルーベリーのお菓子に、「そうじゃなくて」とガックリ肩を落としたのだった。

この家があるあたりは、バス通りが近いわりにやたら静かで、週末でも、たまに通りを走る子供たちの歓声が聞こえる程度だ。

先輩が自室に引き上げてしまったので、僕は静まり返ったダイニングテーブルで、考え考えキーを叩いた。

今は、原稿を書く前段階の、プロットを立てているところだ。

住宅でいえば基礎工事にあたるフェーズなので、緻密にやらなくてはならないし、担当編集さんから駄目出しがいちばん出るところだし、いつも結構なプレッシャーを感じながら仕事をしている。

その一方で、今ならいくらでもトライアンドエラーを繰り返せる気楽さもあり、楽しい作業でもある。

（ここ……こんな展開にしたら、原稿を書くとき、未来の僕はきっと、「どうしろってんだ！」って今の僕に悪態をつくんだろうなあ）

自分の将来の厄介ごとを想像しながら苦笑いしたとき……。

プルルルル。

突然、ダイニングとリビングの境目にある低い棚の上で、固定電話が着信音を響かせた。

「うわっ」

呼び出し音はそう大きくないものの、先輩の安らかな眠りがこんなもので破られたら気の毒だ。

僕は慌てて立ち上がり、大股に歩いていって電話の受話器を取った。どうせ、週末の昼下がりにかかってくる電話なんて、不動産か投資のセールスと相場が決まっている。応対の声も、ぞんざいになろうというものだ。

「もしもーし」

ところが、受話器の向こうからは、『あらっ』という甲高い女性の声がした。

(ん？　この声、もしかして)

今度はもう少し丁寧な声音で「もしもし」と繰り返すと、今度はこんな声が聞こえた。

『白石君やね？　いやー、久しぶり。お元気でした？』

ああ、間違いない。これは、札幌《さっぽろ》在住の遠峯先輩のお母さん、略して遠峯母の声だ。自然と、僕の背筋はピンと伸びた。

「どうも、お久しぶりです。そちらこそ、お元気ですか？」

『うーん、こっちはもう歳やから、何かかんかあるわね。そやけどまあ、元気言うたら元気やわ』

めちゃくちゃ元気そうな声だ。

遠峯母とは、何度か電話で話したことがある。

僕的には、面識はない……と思っていたのに、実は、一方的に認識されていたらしい。

遠峯母曰く、「朔（先輩のことだ）の卒業式の日に、おいおい泣いてた可愛い後輩君が、白石君なんでしょ？　よう覚えてるわ」だそうで、本当にろくでもないところを目撃されていたようだ。

いつか会って、当時の印象を今の僕の姿で上書きしてほしいところだけれど、何しろ先方は北海道《ほっかいどう》住まいだから、なかなかそんな機会はなさそうでちょっと困る。

「よかったです。僕も先輩も元気にやってます。あの、先輩は」

何はともあれ、お母さんからの電話なら、先輩を呼ばなくては……と思ったのに、遠峯母は、いつものせっかちさを発揮して、皆まで言わせてくれなかった。

『ああ、病院なんでしょ、ええのよ』

「あ、いえ、先輩は夏休みなんで家にいるんですけど」

『そうなん？　ああ、そうか、大人にも夏休みはあるんやったね』

「はい、ただ、その」

僕は、ハッと言い淀《よど》んだ。あんなに本人が「恥ずかしい」を連発していたのだ。親には絶対に結膜炎のことは知られたくないだろう。

迷いつつ、とりあえず「今、昼寝してて」とだけ言ってみると、遠峯母は受話器の向こうでコロコロと笑った。

『あの子、小学生の頃から、夏休みには寝てばっかしやったわ。三つ子の魂オッサンになってもやね』

「は、はあ」

『ええのええの。今も、料理してくれるんは白石君なんでしょ？　ほな、用事があるんは白石君やわ』

「僕ですか？」

『うん。今日、もうすぐしたら、うちから荷物が届くと思うんよ。出始めの、とうきび』

「とうきび？」

　復唱してから、そういえば、テレビで、北海道ではとうもろこしのことをとうきびと呼ぶと言っていたな、と思い出す。

「とうもろこしですか！」

『そうそう。こっち名産やからね。まだハウスもんやから、真の実力は発揮できてへんかもしれんけど、主人が、二人に初物食べさして、長生きさせな、て言うんよ』

「な、長生き」

『そうそう、長生き。そっちは暑いんやろから、とうきび齧《かじ》って、しっかり栄養つけて頑張らなアカンよ』

　そんな言葉を残して、遠峯母は彼女のペースでさっくりと通話を終えた。

「とうもろこしが来ちゃうのか」

僕は受話器を戻し、しばらくぼんやりとリビングの窓の外を眺めた。

ガラス越しでも、外の日光の強さは十分過ぎるほどわかる。庭の木の葉っぱが軒並み項垂れているので、気温もきっと素晴らしく高いはずだ。

(今朝の天気予報で、最高気温は三十五度とか言ってたもん。今、きっとそのくらいなんだろうな)

とうもろこしを使って作りたい料理はいくつか頭をよぎるものの、わざわざ買い物をするために炎天下に出て行くのは、ちょっと躊躇われる。

いや、ちょっとどころではない。

夏場は絶対に欠かせない庭の水まきでさえ、日が落ちてから渋々やるくらいなのだ。みすみす暑さがクライマックスの時間帯に出掛けるのなど、切実に避けたい事態だ。

「何か家にあるものを使って、とうもろこし料理を……つか、ホントに今日届くのかな」

ワクワクと面倒くささが半々くらいの気持ちで、僕は、今度はとうもろこし料理を検索すべく、パソコンの前に戻ったのだった。


ちょっと昼寝、と言っていたはずの先輩が起き出してきたのは、まさかの午後十時過ぎだった。

やっぱりダイニングテーブルでのんびり仕事をしていた僕のところにやってきた先輩は、

呆然とした顔をしていた。

相変わらず右目は真っ赤に充血しているけれど、昼間よりはつらくなさそうだ。

「今起きた」

本当に放心しているような声と表情に、僕は思わず吹き出してしまった。

「あれから、ずっと寝てたんですか？　七時過ぎに戸締まりに家じゅう回ってたのに、雨戸を閉める音で目が覚めたりしませんでした？」

先輩は、顰めっ面でゆっくりと首を横に振る。

「よっぽどぐっすり寝てたんですね。様子を見に行こうかと思ったんですけど、起こしちゃ悪いと思ってやめたんですよ」

「部屋に入ってこられても、気ぃつかんかったかもな。なんや知らんけど、めちゃくちゃよう寝た。寝過ぎてちょっと頭が痛い」

「ありゃ。エアコンはつけてたんでしょ？」

「おう。そやけど、寝とるあいだは水分摂取ができへんからな。軽く脱水気味なんかもしれん」

「ああ、確かに。なんか飲みます？　っていうか、晩飯、食います？」

先輩はすぐには答えず、壁掛け時計を見上げた。それから、ちょっと心配そうに僕に視線を戻す。

「お前は？　晩飯ちゃんと食うたか？」

僕は、笑って頷く。

「ひとり寂しくいただきましたよ」

「あ……すまん」

「うそうそ、テレビ観ながらのんびり食いました。煮込みハンバーグなんで、すぐ温められますけど？」

「うーん、そら、寝起きな上にこの時間やと、ちょっと重いな。明日の昼にもろてもええか？」

「それは勿論。あ、だったら、軽い夜食にピッタリ、しかも水分摂取もできちゃうものがありますよ。ほら、座ってください」

「お？　ああ」

先輩が自分の席に腰を下ろしたので、僕はノートパソコンを閉じ、テーブルの端っこに片付けると、冷蔵庫を開けた。

中段に入れておいた大きな密封容器を取り出し、中身をカフェオレボウルふたつになみなみと注ぎ分ける。

彩りに、冷凍庫に入っていた乾燥パセリをささっと振りかければ完成だ。

木製のスプーンを添えて出したそれを、遠峯先輩は不思議そうに見下ろした。

「……スープ?」

「冷たいコーンスープです。寝起きにはいいんじゃないかな」

「ホンマやな。こんな気の利いたもん、作ってくれとったんか」

先輩の顔に、ようやくいつものシャープな感じが戻ってくる。僕は、昼間の遠峯母からの電話の件を、先輩に説明した。

「ほら、まだあるんですよ。こんなに立派なとうもろこしが十二本も、段ボール箱に詰まってました。よくお礼言っといてくださいね、ご両親に」

そう言って、冷蔵庫の野菜室に入れておいたとうもろこしを一本取り出して見せると、先輩は目を見張った。

「明日、電話するわ。そやけど、全部皮付きか。下拵《したごしら》え、めんどくさかったやろ」

「いえいえ。このくらいはどうってことないですよ。ほら、冷たいうちに飲んでみてください。僕が滅茶苦茶ズボラに作ったんで、レストランみたいにはいきませんでしたけど、味はなかなかでしたよ。素材がいいからですけどね」

実は夕飯のときに同じカフェオレボウル一杯をぺろっと飲み干してしまったのだけれど、それは秘密にしておいて、もう一度、一緒にいただくことにする。

先輩は、敢えてスプーンを使わず、両手で器を持ち上げて口をつけ、スープを一口飲んだ。余計なカトラリーを使うまいと思ったのだろう。

小さく唸《うな》ったと思うと、そのまま、二口、三口目を啜《すす》るように飲み、ようやく器を置いた先輩は、深い息を吐いた。

「旨い」

シンプルな、でも最高の感想を貰って、僕は小さなガッツポーズをする。

「よっしゃ！　冷たいから、すっとするでしょ」

「いや、そら、この暑い時期は、冷たいっちゅうだけでもご馳走やけど、味も相当旨いで。あのとうもろこしから、このスープがどないして出来るんや？」

僕は、自分のスープをスプーンで少しずつ飲みながら、種明かしをした。

「実は、おろし金でとうもろこしを三本、すり下ろしました。あ、勿論、実のところだけ」

「ミキサーとかを使うもんと違うんか？」

「粒を外すのもミキサーを出してくるのも面倒くさかったんで、一本を三つに切って、ゴリゴリって。意外とすぐでしたよ。で、下ろしてる間に、鍋にちょっと水入れて、芯をぐらぐら煮て出汁を取るんです」

先輩は、信じられないといった様子で、ボウルに半分ほど残ったスープを見下ろした。

「とうもろこしの芯で、出汁なんか出るんか？」

「とうもろこしごはんを炊くときに、芯を一緒に入れると美味しくなるんですよ。だからやってみたら、けっこういい味出ました」

「へえ。ほんで?」

「芯を取り出して、そこに、すり下ろしたとうもろこしをざるで濾《こ》しながら投入して、チキンブイヨンをちょっと入れて、ぐらぐら煮てから牛乳どばーっと足して、塩胡椒で味を調えて、完成。あとは冷やすだけです」

「……それで、この味に」

「そうそう。料理って凄いですよね。タマネギくらい入れようかと思ったんですけど、まずはとうもろこしの味をダイレクトに感じられたほうがいいかなって」

「いや、十分や。そうか、店みたいに生クリームを使うてへんから、さらっとして楽に飲めるんやな」

「さらっとし過ぎてて、ほっとくととうもろこしが沈んじゃうんで、混ぜるのを忘れたら大惨事ですけどね。でも、確かにとうもろこしの甘さが感じられていいかなって」

「ええな。夏の定番にしてほしいところや。ああ、次はすり下ろすんくらいは手伝うから」

「あざーっす。結膜炎が治ったら、お手伝いお願いします。てか、これが呼び水になって、もっと食べたくなったりしてません?」

一応訊ねてみたら、先輩は曖昧に首を傾げた。

「スープを飲んだ途端に、不思議と頭痛が治まってきた」

とうもろこしの冷たいスープ
すり下ろす!
ゴリゴリ
ゴリゴリ
ゴリ
出汁に!!
こす
どばーっと!!
MILK
牛乳
塩こしょう
チキンブイヨン

「よかった。じゃあ」

「とはいえ、ハンバーグはやっぱし重いな。こう……スープにはパン、やろか」

「いかりスーパーのバターロールがありますよ。ちょっと温めましょうか。僕も食べたくなってきました」

「ええな」

先輩は、何度見てもSF映画の登場人物みたいな、片方だけ赤い目で笑う。

(なんだか、久しぶりに「ブレードランナー」を観《み》たくなってきた。あれ、でも、レプリカントの目の赤いところは、白目じゃなくて瞳だっけ)

そんなことを考えながら、僕は大きな袋からふっかふかのロールパンをまずは二つ取り出し、トースターに放り込んだ……。

八月

「どうもこんにちは、先生。しばらくぶりでお世話になります。こう暑いと、病院に来るんも一苦労ですわ」

「そうでしょうね。お疲れさんです。そやけど、診察の順番を待っとるあいだに、だいぶ涼めたんと違いますか」

「そらもう、凍えるほどに」

「長らくお待たせしてしもて、恐縮です」

馴染みの高齢男性の患者と、そんな真夏ならではのやりとりをしながら、俺は、彼と俺を隔てる診察台の高さを調整した。

「はい、ほな台の上に顎を載せて……そうそう。そんで、上の出っ張りに、おでこをしっかり当ててください。はい、そのままで。ちょっと最初にお薬入れますね」

患者の眼球を診察するためのツールが、正式名称は細隙灯顕微鏡、通称スリットランプと呼ばれる機械だ。

眼科医にとってはもはや身体の一部のようなもので、光の出し方や向きを変えたり、

様々なレンズを使ったり、特殊フィルターを装着したり、とにかく多様なアレンジをすることで、患者の眼球の内部を子細に観察し、治療を行うことができる。

何十年か前までは、こんな便利な機器がなかったため、眼科医は片手にレンズ、片手にライトを持って診察をしていたそうだ。新人時代、一応、そういうトレーニングもしたが、やはり先達のように上手くはできなかった。

便利な機器の登場は、医者を堕落させる一方で、個人の技術の凸凹をそれなりに均《なら》してもくれる。善《よ》し悪《あ》しのうち、患者にとっては、善しの割合が大きいのではなかろうか。

そんなことを考えながら診察を終え、「うん、網膜剝離《もうまくはくり》を治療した部位、経過はまずまずええですね。眼圧は相変わらず高めですけども、前回より悪うはなってません」と告げると、患者はホッとした様子で、よく日焼けした皺《しわ》深い顔をほころばせた。

「そら嬉しいこっちゃ。最近、畑仕事の途中、時々遠くの山を眺めるようにしとるんですよ。目ぇ楽になる気がしてねえ」

「目を酷使《こくし》せんとぼーっと休める時間を持つんは、とてもええと思いますよ。そやけど、この暑いのに畑仕事は大変でしょう。熱中症にくれぐれも気ぃつけて。はい、顔を台から外してください。目薬を差しますんで、そっちの椅子へ移動してください」

よっこいしょと古典的なかけ声と共に隣の椅子に移動した患者は、誇らしげに胸を張った。

「大変言うても、孫に食わす野菜やから、苦にはならんですよ」

「ああ、そりゃいいな。お孫さんも喜ぶでしょう。はい、もうちょい上向いて。少し滲《し》みるかもしれへんですよ」

そう警告してから目薬を滴下すると、患者は「おお～」と情けない声を上げた……。

今日は出向先の病院での勤務なので、朝から夕方までずっと外来診療を続けねばならず、なかなかに疲れる。

最後の患者を診察室から送り出すと、思わず特大の溜め息が漏れた。

「あらあら、お疲れ様でございました」

いつもお世話になっている看護師長が、にこにこ笑いながらねぎらってくれた。

「いやいや、俺は若造やし、ほとんど座ってられるんでええですけど、そっちは立ちづめでしょう。むしろ俺がお疲れさんを言わんと」

「こっちは逆に立ちっぱなしに慣れてますもん。それに、ほら」

看護師長は、ナース服の裾を五センチだけつまみ上げてみせる。俺は困惑して首を捻った。

「素敵なおみ足ですね……？」

とりあえず褒めてみると、看護師長は照れ笑いして片手を振った。

「嫌やわ、そっちやのうて、タイツですわ。着圧タイプの奴を穿いてるから」

「ああ、下腿《かたい》の静脈が」

「そうそう。キュキュッと絞め上げて静脈血をスルッと心臓に返してくれるから、メディキュットて言いますんよ、これ」

「なるほど」

「うちの病院、眼科は週に一日だけのオープンやから、どうしてもぎちぎちに混みますからねえ。先生にはいつも大変な思いをさしてしもて」

「それはまあ、確かに。そやけど、患者さんにも万障繰り合わせて来てもろとるわけですし」

「確かに。ほな、全員大変ですわねえ」

「ですね」

そんな会話をしながら机の上を片付けてしまった俺は、立ち上がって伸びをしながら、ふと看護師長に訊ねてみた。

「そう言うたら、この辺に、なんぞパパッと晩飯食うのにええ店ありますかね」

すると、俺の母親と同年代くらいと思われる看護師長は、意外そうに頬に手を当てた。

「あれ、先生、前に、おうちに美味しいお食事作ってくれはる彼女がいるて言うてはりませんでしたっけ?」

俺は思わず苦笑いしてしまう。

「彼女と違いますよ。高校の後輩で、野郎です。シェアハウスみたいなもんで」

「あら、流行《はや》りのシェアハウス。でも、お料理上手な方なんでしょ?」

「上手ですけど、今日はおらんので。自炊も面倒やから、食うて帰ろうかなと」

「なるほど。そうですわねえ……。何を召し上がりたいです?」

俺は少し考えてから答えた。

「そやなー、しばらく食うてへんから、気軽な洋食とか」

「洋食! それやったらね、ちょっと暑いの我慢してもろたら、歩いて行けるところにええ洋食屋さんがありますよ。安うて美味しいの。ええとね、店の名前が……」

さすが母親世代、口頭でスラスラ教えてくれ始めた情報を、俺は机の上のメモ用紙に慌てて書き留めた。


「……ん?」

目が覚めたとき、咄嗟《とっさ》に自分がどこにいるかわからなくて、心臓がバクバクした。

しかしほどなく、リビングのソファーで眠り込んでいたことに気づき、ホッとしてTシャツの胸を押さえる。

(そうやった。腹いっぱいで帰ってきて、汗だくやからとりあえずシャワー浴びて、ゴロンとしながらメールチェックでもしようと思うて……)

ソファーに転がって、スマートホンの電源を入れたところまでは覚えているが、その後の記憶がさっぱりない。

見事に瞬間寝落ちしたらしい。コーヒーテーブルの上の缶ビールは、幸い、まだ手つかずのままだ。

ゴソゴソと身の回りを探ってみると、スマートホンは俺の脇腹とソファーの背もたれの間に挟まっていた。

(手から落ちたんやな)

拾い上げついでに時刻を確かめると、午後十時過ぎだった。

帰宅したのは七時半くらいだったから、二時間ほど眠り込んでいたことになる。

俺はスマートホンを顔の横に置き直し、空いた手を無意識の動作で腹の上に置いた。

(あの店、旨かったなあ)

まだ起き上がる気にはなれず、俺は大あくびをしながら、五時間近く前に食べた夕食のことを思い出した。

出向先の病院からの帰り道、看護師長からのお勧めを受け、遠回りして俺が足を運んだのは、阪神今津《いまづ》駅にほど近い「洋食グリーン」という店だった。

阪神電車の高架すぐ脇にある白っぽいタイルに覆われたビルの一階に、まさに店名どおりの緑色の看板が出ており、見つけるのは容易だった。

ただ、店の前には鉢植えがいくつか置かれ、木製の扉の窓はステンドグラス風になっており、その横にある窓には、レースのカーテンがかかっている。

店内を覗《のぞ》くことができないので、若干、初見の客にはハードルが高い。

しかし、看護師長の「美味しいですよぉ」という実感のこもった声を思い出すと、ここで踵を返しては後悔する気がして、俺は勇気を出して店内に入った。

平日だし、午後五時半を少し過ぎたばかりだったので、先客は二人連れが一組だったが、店内は、想像よりずっと広々していた。

そして、絵に描いたように「昭和」だった。

テーブルと椅子はシンプルなデザインだが、椅子にはそれぞれ縞模様《しまもよう》の座布団が置かれている。

卓上にはステンレスの紙ナプキン容器や調味料入れが置かれているし、壁の高い棚には小さめのテレビが置かれているし、その下には、ピンク色の公衆電話がある。

壁に掛けられた絵の統一感のなさといい、数字がでかでかと印字された日めくりカレンダーといい、店を経営している年配のご夫婦の柔らかな雰囲気といい、父方の祖父母が暮らしていた大阪の家の居間を思い出して、やたらとリラックスできてしまう。

メニューも実にオーソドックスな洋食屋然としたものが並んでおり、ハンバーグ、海老《えび》フライ、メンチカツ、ビフカツ、いやいっそおすすめセット……とさんざん心が乱れたが、結局、先客の女性が食べていて、あまりにも旨そうだったオムライスを注文した。

俺は、今どきの、ふわふわの半熟オムレツをライスの上でほどく系のオムライスよりも、昔ながらの、薄い卵でケチャップライスを包んだもののほうが好きだ。

楕円形の皿に盛られて目の前に置かれたオムライスは、まさに俺の好みを直撃するクラシックタイプだった。

皿の白と卵の黄色、ソースの赤というコントラストが、実にシンプルで美しい。

オムライスにスプーンを入れると、たっぷり詰め込まれたチキンライスには、鶏肉、タマネギ、しめじに加えてインゲン豆を大ぶりに刻んだものがたっぷり入っていて、さらに緑色が加わった。

色合い的には、完璧な取り合わせだ。

味も、いい意味で想像どおりの安定感で、もりもりと食が進む。

付け合わせの卵スープも、卵が被っているなと思いつつ、かき玉の旨さはオムライスの卵のそれとは別物なので、まったく問題はない。

デザートに、オレンジが一切れついてくるのも、何となく嬉しい。

大満足でスプーンを置いた俺だが、その頃には店内に客が次々と入り始め、そうなると、他人が食べているものが気になってしまう。

ポタージュスープも、フライものも、ハンバーグも、今思い出しても後ろ髪を鷲掴《わしづか》みにされているような心持ちになるほど旨そうだった。

(あの病院に行ったときは、またあの店に……ああいや、いつもは白石が晩飯を作って待っとってくれるねんから、そうはいかんな)

俺はむっくり身を起こし、ダイニングのほうを見た。

普段なら、大きなテーブルにノートパソコンを据え、資料をあれこれ広げて黙々と執筆作業をしているはずの白石の姿が、今夜はない。

実は二週間前、地方新聞に白石の本が小さく掲載された。

地元を舞台にした小説やマンガを紹介する記事に、白石がこの春に出した本も入っていたのである。

無論、本人も俺も喜んだが、誰よりも喜んだのは白石のご両親だった。

新聞に白石の名前と著作が掲載されたことで、息子が世の中に認められる仕事をしていると実感でき、きっと安堵したのだろう。

両親から祝福の電話がかかってきたと、白石も涙目になって俺に報告してくれた。

そこで俺は、せっかくご両親が喜んでくれているこの機会にもっと安心して貰えるように、これまでの感謝の念を形にしてみてはどうかと提案した。

ふたりであれこれとアイデアを出し合ったが、やはり結局のところ、ゆっくり語らう時間が取れる小旅行がいちばんいいだろうということになった。

そこで、白石のお父さんの休みに合わせ、今日、白石はご両親を有馬《ありま》温泉の宿に招待し、共に宿泊しているというわけだ。

きっと今頃、宿で親子三人、穏やかなひとときを過ごしていることだろう。

（そや。俺があの病院に出向の日は、白石と待ち合わせて、「洋食グリーン」で晩飯を食うたらええねんな）

二人で行けば、単品でいくつか頼んでシェアすることができる。ひとりで行くよりあれこれ味わえて楽しいはずだ。

憂鬱な出向に楽しみが出来て、俺は思わず顔をほころばせた。

我ながら食い意地が張っていると思うが、旨いものは、ささやかな日々の彩りだ。

独特の雰囲気がある店だから、白石の小説のネタにもなるかもしれない。

そんなことをぼんやり考えていたら、コーヒーテーブルの上に置いてあったスマートホンが、着信音を奏で始めた。

「なんや、噂《うわさ》をすれば白石かな」

ひょいとスマートホンを取り上げた俺は、驚いて目をパチパチさせた。

（は？）

スマートホンの画面に表示されている名は、「美緒《みお》」……忘れもしない、医大生時代の同級生、そして元カノの名である。

学生時代に二年ほど付き合ったが、卒業後は、彼女が実家のある滋賀《しが》県の病院で研修医生活を送ることになり、互いに忙しい日々を送るうち疎遠になってしまった。

特に揉めたわけではなく、恋愛関係を持続させるのが難しいと双方が感じて、電話で実にドライに簡素な別れ話をした記憶がある。

当時はとにかく覚えることが多すぎて、仕事で頭がいっぱいだった。彼女もきっとそうだったのだろう、恋を終わらせることに、二人とも感慨を抱く余裕すらなかった。

そんな彼女から、いきなり電話とは。

黙殺するのもおかしな話なので、俺は一瞬躊躇ったが、通話アイコンを押し、スマートホンを耳に押し当てた。

「もしもし?」

『えっ?　あっ、あああー!』

スピーカーから聞こえたのは、まさかの悲鳴である。

「お、おい、大丈夫か?」

何やらガタガタという物音の後に、今度は懐かしい笑い声が響く。

『あっはっは。ゴメン、朔ちゃん。うちの娘がえらい大人しいと思うたら、スマホ弄ってたみたい』

　なるほど、子供がスマートホンを弄っているうちに、住所録が立ち上げられてしまったらしい。

「なるほど……っちゅうか、久しぶりやな。娘さんが？」

『うん。四年前に結婚して、娘は今、二歳やねん。ちゅうか、アドレスにまだ朔ちゃん入ってたんやね。ビックリした～』

「俺も消してへんかった。驚いたわ」

『ホンマや。元気？　どこの科に行ったんやったっけ』

「眼科。そっちは、ご実家継いで内科か？」

『ううん、私は皮膚科を週二だけ。今は子育て優先やねん。内科医の旦那がお婿さんに入ってくれて、今、うちの診療所、内科と皮膚科を両方やってるんよ』

「そら、患者さんも便利やろな」

　別れてからもう八年ほど経つ。その間、一度も連絡を取り合っていなかったのに、俺たちは驚くほどスムーズに会話を始めた。

　正直、美緒の声の記憶はおぼろげだが、顔はそれなりに鮮明に頭に浮かぶ。

　似ているというとムキになって否定されたが、どことなく原田《はらだ》知世《ともよ》を思わせる、はにかんだような笑顔が印象的な子だった。

結婚して母になった今も、あの笑顔は相変わらずだろうか。

 つい、そんな感傷的な思いが胸をよぎる。

『朔ちゃんはまだ独り身か〜。気楽でええねえ。あっ、そやけど結婚願望あるんやったら、誰か紹介しよか？　高校時代の同級生とか、まだ独身の子ぉ、おるで』

「要らんわ」

『勿体ないなあ。朔ちゃん、まあまあ優しいし面倒見ええし、ええ旦那さんになりそうやのに。……あっ、なあなあ、聞いて。この子が私のスマホ弄って、元カレに電話してしもてん、ウケるやろ〜』

どうやら後半は、近くに来た彼女の夫に向けられた言葉らしい。

いくら何でも、それはご夫君が気を悪くしないかと俺はハラハラしたが、彼女はあろうことか、娘を寝かせに行くからあとはよろしくと、彼にスマートホンを渡してしまった。

俺と彼女の夫は、何とも微妙な距離感で「どうもはじめまして」と言い合い、おそらく実現することはないだろうという思いを共有しつつ、「機会がありましたら是非お食事でも」という、実にありがちな着地点を見出《みいだ》して通話を終えた。

あとで思い出したが、あの何とも言えない気まずさは、学会で共通の知人に紹介されたものの、これといって話題もなく、どうにか会話を切り上げるきっかけを模索しているときとそっくりだった。

まったく。

いくら俺たちが別れたのは遠い昔だといっても、今の夫に元カレとの電話を引き継ぐ女がどこにいる。大らかにもほどがあるのではなかろうか。

とはいえ、そのくらいフランクな夫婦関係を築いているなら、きっとたいていのことは大丈夫なのだろう。声の印象だけではあるが、彼女の夫はとても感じのいい人物だった。

元カレとしては、おこがましい言い分ではあるが、何となく安心、である。

この機会に、彼女の電話番号を住所録から消しておくべきかと思ったが、まあ、互いに憎み合って別れたわけでなし、人の縁はどこでどう交わるかわからないので、そのままにしておくことにした。

そうしたほうがいいと思えば、彼女のほうから俺を切り離してくれるだろう。

それにしても、思いがけないことで完全に眠気が飛んだし、うっかり安眠してしまったせいで、消化器系が絶好調に仕事をしたようだ。

加えて、晩飯が早かったせいで、妙に小腹がすいてきた。

「何ぞあったやろか」

俺はキッチンに行き、冷蔵庫、次いでフリーザーを開けてみた。

ガサゴソと中を漁《あさ》り、ふと目についたビニール袋を引っ張り出して、「ああ」と思わず声が出た。

それは先日、グランドフードホールに買い物に立ち寄ったとき、何の気なしに購入した冷凍食品だった。

丹波《たんば》篠山《ささやま》の「河南勇《かんなんいさむ》商店」という会社が作っている、竹皮に包まれたおこわである。

最初、店のフリーザーから取り出したときは中華ちまきかと思ったのだが、商品名は「丹波おこわ」だった。

いずれにせよ旨そうなので、何かのときに食べようと買っておいたのだ。

まさに、今このときのためにあるような食べ物だ。

袋のラベルに書いてある指示どおり、手のひらに収まる小さな竹皮の包みを軽く濡《ぬ》らしてラップフィルムに包み、電子レンジで二分間加熱する。

たった二分で十分に温まるのだろうかと心配したが、ピラミッド型の包みは、見事にほかほかになった。

おこわは袋に二つ入っていたが、俺はまず一つを温めて皿に載せ、ソファーに戻った。

膝の上に皿を置き、竹皮包みをまとめている細い紐《ひも》を解く。ふわっと、磯《いそ》の香りが鼻をくすぐった。

「あ？　鶏肉のおこわと違うんか、これ」

竹皮を開き、現れた茶色いおこわを箸でほぐしてみると、なるほど、大ぶりに切った鶏肉、小さめに刻んだシイタケと共に、繊維状の干し貝柱が顔を出す。

「山の幸と海の幸が一緒に入っとるんか。和のサーフ&ターフやな」

そんな独り言を漏らしつつ、ピラミッドの頂上辺りを箸でちぎるように取り、口に運ぶ。

ほう、と小さな声が、湯気と共に口から出た。

オムライスの鮮烈なケチャップ味とは対照的な、醤油ベースのホッとする和の味が口の中に広がる。

鶏と干し貝柱とシイタケ、あとおそらくは干しエビも入っているだろう。具材一つ一つから出る出汁を米がすべて吸い上げて、恐ろしく豊かな味がする。

大した量ではないが、とても充実した食べ物を口にしているという気分になれる。

竹皮の香りも、おこわと実に相性がいい。

確か二つで九百円近くして、ずいぶん高いなと思ったが、食べてみれば納得だ。

ひとりで旨い旨いと呟きながらあっという間に平らげ、俺はほんの少し躊躇ってから、結局、もう一つも温めて食べてしまった。

白石と一つずつにするつもりだったのに、ひとりで隠滅したことになる。この罪悪感は、同じものを買ってくることでしか解消できないだろう。

(次は二パックくらい買うとこ)

そう思いつつ、後に残った竹皮二枚をまとめていたら、またしてもスマートホンが着信を告げた。

今度こそ、白石の名が画面にでかでかと表示されている。

「おう」

相手が白石なのでぞんざいに応答すると、スピーカーからは明るい声が聞こえてきた。

『せんぱーい、有馬温泉、最高です』

「そらよかった。ご両親も喜んでくれてはるか？」

『はい。さすが先輩おすすめの宿、晩飯めっちゃ旨かったです。露天風呂も最高です。親も大満足で、奮発してよかったなあ。二人とも寝ちゃったんですけど、僕はまだ眠くないんで、もう一度、お風呂に行こうと思って出てきました』

「お前、夜型やからなあ」

『そうなんですよ。生活リズムは急に変えられないです。先輩は？　晩飯ちゃんと食いました？』

白石の声があまりにも楽しそうで、俺もつい浮かれた気持ちで返事をしてしまう。

「おう。ええ洋食屋を教えてもろた。オムライス、旨かったで。今度、一緒に行こうや」

『あ、いいですね！　連れてってください』

「あと、ついさっき、元カノから電話があった。なんや、小さい娘さんがスマホ弄っとって、偶然、俺にかかってしもたらしい」

ついそんなことを打ち明けると、白石はあからさまに食いついてきた。

『マジですか！　えっえっ、それで？　話したんでしょ？　どんな話を？』

「どんな話て、近況報告しかあれへんやろ」

『えええ～！　こう、焼けぼっくいに着火したりは……』

「するか、アホ。最終的には、旦那と話して通話が終了したわ」

『旦那さんと!?　えっ、なんて言われたんですか？』

「なんてって……『家内がかつてお世話になったそうで』て言われたから、『いえいえこちらこそ、奥様にはお世話になりまして』て返しただけやで」

俺の返事に、ぶふふ、と白石は変な笑い方をした。

『それ、下手なドラマより逆に面白いですよ。その話、帰ったらもっと詳しく聞かせてください。仕事のネタになりそう』

「ならんやろ。それより、温泉入って上がったら、どうにかして寝えよ。そんで、暑いけど明日もせいぜい親孝行してから帰ってこいや」

『そうします。明日の晩飯は……』

「何ぞ惣菜《そうざい》を買うて帰るから、心配せんでええ。好きな時間に帰ってこい」

『あざっす！　じゃあ僕、そろそろ温泉に行きますね。また明日』

「おう、おやすみ」

通話を終えてスマートホンを再びコーヒーテーブルに置くと、入れ替わりにリモコンを取って、俺は点けっぱなしだったテレビを消した。

途端に、室内は静けさに包まれる。

朝は夜明け前から庭でセミの大合唱が始まるが、夜はセミもぐっすり眠っているのだろう。電灯が立てるジーッという低い音を聞きながら、俺はふと、これが白石が来る前はスタンダードな夜だったのだ、と思った。

今となっては、こんなに静かだとむしろ居心地の悪さを感じてしまう。

誰かと一緒に暮らすというのは、思ったよりも心の有り様を変えてしまうことらしい。

「今日は俺もはよ寝ようかな。……そやけど」

涼しいリビングと違って、まだエアコンをつけていない寝室は、昼間の熱がこもりきっておそらく灼熱《しやくねつ》地獄だろう。

白石がいるときは、ダイニングで仕事をする彼のために眠くなったら二階へ行くが、今夜はここにいても誰も困らない。

「このままここで寝たろかな。……ああ、そやけど歯は磨かんとなあ」

口ではそう言いつつ、身体のほうは勝手にソファーに転がってしまう。

一寝入りしたら歯を磨く。絶対に。

誰にともなくそう約束して、俺はソファーに長々と寝そべり、両手足をフル活用して特大の伸びをしてから、再び目を閉じた……。

九月

「さてと、ぼちぼち行こか」

「はーい」

返事をすると同時にメールを送信して、そのままの流れでノートパソコンの電源を落とす。

僕が仕事をしているダイニングキッチンにやってきた先輩は、ボーダーTシャツの上から、白いパリッとしたリネンのシャツを羽織っている。

いかにも休日の気楽な外出着という感じで、さりげなくお洒落《しゃれ》だ。

僕はといえば、カーゴパンツの上に、一応、よそ行き用として買ったブルーのサマーニットを着込んでみたものの、全然パッとしない。

「ちょっとカジュアルすぎますかね?」

「デートやったらともかく、野郎が二人で近所の店行くのに、そないめかしこまんでもええやろ」

「それもそっか。じゃ、行きますか」

連れ立って家の外に出ると、もうすぐ午後五時になろうというのに、辺りはまだまだ明るかった。これから夕食という雰囲気ではないけれど、昼をごく軽くしたので、腹はしっかり減っている。

「まだ蒸し暑いな。いつまで夏を引きずるんや」

「ホントですよね。あと二週間で十月なのに」

強い西日に辟易《へきえき》しながら、僕たちはバス通りを北上し始めた。

目的地は、ＪＲ芦屋駅前にあるホテル竹園芦屋一階の、マグネットカフェ竹園だ。

同居しているので一緒に家を出たが、今日は先輩が僕をご招待してくれた、ということになっている。つまり、奢《おご》り飯だ。

先輩が僕に豪華ディナーをご馳走してくれる理由は二つ。

一つめは、延び延びになっていた僕の誕生日祝いである。

七月八日の誕生日の夜、せっかく外食の予定を立てていたのに、その前日の夕食に食べた何かに、僕らはふたりして見事にあたってしまった。

幸い、シリアスな食中毒にはならずに済んだけれど、復活してからも何だかだで週末の予定が合わなくて、とうとう九月になってしまったというわけだ。

二つめは……実は、この春に僕が世に送り出した小説が、思いのほか評判になった。

自分が今暮らしている芦屋の街を舞台に設定し、三十代、二十代、十代の三兄弟の平凡な生活を描いた物語で、自分で言うのも何だけれど地味な作品だと思っていた。

それなのに、地元の書店が応援してくれて、地方新聞にも、芦屋ゆかりの文豪、谷崎潤《たにざきじゅん》一郎《いちろう》先生にちなんで、「男性版細雪《ささめゆき》」なんて勿体ないキャッチコピーで紹介記事が出たこともあって、兵庫県を中心に、主に関西で売り上げがぐぐんと伸びた。

そんなわけで、当初は一冊のみの予定が続編を出せることになり、先輩がそれも一緒に祝おうと言ってくれたのだ。

「何でも食いたいもんをご馳走したるで」

先輩がそう言ってくれたので、中華、フレンチ、イタリアンとあれこれ悩んだけれど、やっぱりお祝いといえば、肉だ。

しかもお祝い二つ分なので、ここはひとつ張り切ってステーキが食べたいと言ったら、先輩はしばし考えてから、「ほな、竹園行こか」と言ってくれた。

肉といえば竹園、というのは、芦屋の住人にとっては常識なのだそうだ。

そんなわけで満を持して今日、僕たちはホテル竹園芦屋へとやってきた。

開店直後に来たにもかかわらず、カジュアルな雰囲気のカフェはけっこうな盛況ぶりだった。

この界隈では唯一のホテルなので、休日のちょっとリッチな食事を楽しみたい人が多いのだろう。早い時間帯なので子供連れが多く、何とも賑《にぎ》やかだ。

屋外テーブルもあって、さすがに真夏ほどの猛暑ではなくなってきた今なら、夕涼みがてら冷たい飲み物を楽しむのにピッタリに違いない。

先輩が予約を入れておいてくれたので、僕たちはすぐ、奥まった場所にある落ちつけるテーブルへと案内された。

「ホンマは上のレストランで鉄板焼きでもと思うたんやけど、ちょっと大層やろ。こっちのほうが気楽でええわ」

先輩はそう言ってからりと笑った。僕も、素直に同意する。

「確かに。初めて中に入ったんですけど、ずいぶん垢《あかぬ》抜けたカフェですね」

「そやな」

そんなことを小声で言い合いながら、僕らはメニューを開いてみた。

カフェといいつつ、ディナータイムは高級なファミリーレストランといった趣で、サンドイッチ、パスタ、定食と、激しく目移りしてしまいそうな旨そうな料理の写真が並んでいる。

しかし、今日の僕たちの目的はステーキと決まっているので、他の料理を眺めるのは、注文への助走、あるいは余興のようなものだ。

先輩は、とてもシンプルに、「ロースとフィレ、どっちにすんねん?」と訊ねてくれた。

「うーん、ロースはそろそろ胃にもたれるんで、フィレっすかね」

「オッサンか」

「そういう先輩は？」

「俺もフィレやな」

「オッサンか！」

「まあ、そろそろオッサンの門口に立っとう気ぃはするわな」

自嘲めいた口調でそう言った先輩は、片手を上げて店員を呼び、「黒毛和牛のフィレ、百五十グラムを二人前。ソースはグレービーで。あと、シーザーサラダとパン、ハーフオムライスとハーフナポリタンを全部一つずつ」と、立て板に水の滑らかさで注文を済ませてくれた。

先輩がご馳走してくれるときには、基本的に先輩お勧めメニューを食べさせてもらうことにしている。そのほうが失敗がないし、何より他人のチョイスは、小説を書く上でとても参考になるからだ。

とはいえ、ふとメニューを見直して、僕はギョッとした。

オーダーを確認して店員が去るや否や、僕は声をひそめて先輩に言った。

「あの、今見たんですけど」

「あ？」

「黒毛和牛のフィレ、百五十グラムって、諭吉が余裕で旅立つ値段じゃないですか！」

「そやで？」

先輩は、むしろキョトンとした顔で同意する。

僕は思わず安いメニューのステーキの欄を指でさした。

「他のもっと安い肉でも、きっとここの目利きならじゅうぶん美味しいですよ？」

思わず必死になってしまう僕に、先輩はようやく事態を理解したのか、どこか可笑《おか》しそうにかぶりを振った。

「今日はお祝い二発分や。ちょっとくらい奮発しても、バチは当たらん」

「でも、贅沢《ぜいたく》すぎやしません？」

「せんて。これが三階のレストランになったら、諭吉が何人か腕組んで旅立つからな」

「ヒッ」

「そうなったらお前、値段を気にしすぎて、肉の味がわからんようになってしまうやろ？　そやから、こっちにしたんや。さっき、こっちのほうが気楽や言うたんは、そういう意味もあんねんで？」

「……あー」

「かめへん、年に一度の誕生日やし、この先何度もあってほしいけど、そこは誰にもわからん続編執筆おめでとう記念でもあるやないか。うんと旨いもんを、気兼ねのう食おうや」

先輩のこういうところ、高校時代から本当に変わらない。

ざっくばらんなようでいて、相手のことをうんと考えて予定を立てる。

アーチェリー部の遠征試合のときも、電車が事故で止まってしまい、みんながアタフタしている中、先輩だけが、他の路線の電車とバスを乗り継いで帰る方法をすぐに指示してくれた。

きっと、そういうトラブルについても織り込み済みで、きちんと調べてあったんだろう。

あの周到さは今も相変わらずなんだと思うと、ちょっと嬉しくなってくる。

「なんや、ひとりでニヤニヤして」

きっと、ほこほこした気持ちが顔に出ていたんだろう。先輩はちょっと不気味そうにこちらを見ている。

僕は慌てて片手を振った。

「いえいえ！　ステーキ、楽しみだなって」

「さよか」

「先輩のお勧めですもん。間違いないでしょ」

すると先輩は、ニヤッと悪い顔で笑った。

「そらそうや。わざわざ店まで足を運んで、ガッカリするようなもんを食う趣味はあれへんからな」

「さーすがー」

そんな会話をしていると、先に注文しておいた生ビールを、店員がシーザーサラダと一緒に運んできてくれた。

「ほな、色々おめでとうさん」

「ありがとうございます！」

僕らは乾杯して、ここまで歩いて来た道のりで多少干涸《ひか》らびた身体をビールで潤し、食事を始めた。

シーザーサラダは、ど真ん中に温泉卵が入っていて、とても見栄えのする盛り付けだった。

レタスの上から振りかけられたチーズの量こそ普通だけれど、ベーコンは多め、しかもけっこう太めにカットされていて、見るからに迫力がある。クルトンもたっぷりだ。

「今日は、俺がホストやからな」

先輩はそう言って、サラダをきっちり二等分して盛り分けてくれた。そうするだろうなと予想したとおり、温泉卵は真っ先に躊躇《ちゅうちょ》なく潰され、サラダ全体にまぶされる。

綺麗な盛り付けは瞬時に失われたけれど、きっとそうするのがいちばん美味しい食べ方なんだろうと僕も思う。

「ほい」

「あざっす！」

差し出された皿を受け取り、さっそく食べてみる。

ああ、これはサラダというより、ベーコンを最高のコンディションで食べるための料理なんだな、と痛感させられた。

炭火焼き手造りベーコン、とメニューにわざわざ書いてあるとおり、とにかくベーコンの香りがまずはいい。

噛んでみると、じゅわっと出てくる肉汁と脂がカリカリのクルトンに口の中で染み込み、そこにチーズの塩気と温泉卵の黄身のまろやかさ、そしてドレッシングの酸味が混ざり合い、レタス（たぶんサニーレタスとか、そういう奴だろう）が全体をスッキリさせてくれる。

ドレッシングは「豆乳シーザードレッシング」と書いてある。

豆乳感はさほどわからないけれど、こってりした具材が多いから、ドレッシングはさっぱりでいこうという方向性なんだろうと思う。

「これはサラダっていうより、マジでがっつりした前菜って感じですね」

「ほんまやな。そやけど、ベーコンが旨い」

「マジで旨い。けど先輩、このベーコンを使ったカルボナーラがあればいいのにって思ったら、そこは『黒毛和牛と温泉卵のカルボナーラ』なんですね。ほら、メニューにそう書いてある」

「……ほんまや。それはそれで旨そうやけど、このベーコンでカルボナーラ、食いたいのになあ。頼んだら作ってくれへんかな」

「どうでしょうね。ああ、でも『淡路麺業の生パスタ使用』って書いてある。よく知らないメーカーだけど、なんかやたら旨そう。どんなパスタなんだろ。先輩、今度、普通のランチしに来ません？　僕、ここは是非とも、キャラクターに来させたいな」

そう言ったら、先輩は面白そうに目を細めた。

「例の『男性版細雪』二冊目の取材か？」

「そうですけど、その表現はやめましょうよ。谷崎先生がご存命なら、絶対に怒られちゃいますもん」

「そうか？　悪いキャッチフレーズやないと思うけどなあ。俺が担当編集やったら、いただき！　て思うん違うやろか。まあ、『現代の』とかはつけたほうがええかもしれん。お前の小説には、風雅さは皆無やからな」

頭上から串刺しにするような厳しいコメントをノーモーションで食らわせておいて、先輩は涼しい顔でシーザーサラダを平らげる。

「それはそうですけど」

「別にディスってはおらんで。風雅さは小説にマストやないやろ。お前の小説は、お前にしか書けんもんやし。それが何より値打ちなん違うか」

今度は特大の励ましを貰ってしまった。先輩の発言は、時々こんな風に振り幅が広すぎる。本人はまったくの無自覚なようだけれど。

僕たちがサラダを食べ終えるタイミングを見計らっていたように、今度はステーキが運ばれてきた。

熱い鉄板の上でじゅうじゅうといい音を立てているステーキには、いかにも炭火焼きらしく、格子状の焼き目がついている。

まさに、夢のステーキと呼びたいビジュアルだ。

凄く大きいわけではないかわりにしっかりした厚みがあって、見るからにジューシーだ。付け合わせの野菜も、ポテトを中心にシンプルなもので、とにかく肉を楽しめと言わんばかりのスタイルが潔い。

次いで、僕たちの間にズラリと並べられたのは、パン、オムライス、ナポリタンスパゲティの皿だった。

オムライスとナポリタンスパゲティはハーフサイズと言いつつ、そこそこ満足できるポーションだ。しかも、ナポリタンスパゲティの上には黄身を半熟で仕上げた目玉焼きが載っている。

「こ、これは、超大人のお子様ライスだ！」

思わず上擦った声を出してしまった僕に、先輩は面白そうに同意した。

「ホンマやな。ナポリタン、フルサイズで頼んだら鉄板に溶き卵を敷いて仕上げてくれるんやけど、ハーフは目玉焼きか。これはこれで旨そうやな」

「旨そうです！　ではさっそく！」

「の前に、写真撮らんでええんか？　取材用に」

「あっ、そうでした！　早く食べたくて焦ってた。ちょっとだけ待ってくださいね」

「なんぼでも」

先輩が鷹揚《おうよう》に頷いてくれたので、僕はスマートホンを取り出し、大急ぎで写真を何枚か撮った。

頭の中で、僕の小説のキャラクターである三兄弟が、同じ料理を囲む光景が見える気がする。

ＳＮＳに上げるからと写真を撮りまくる次男を、長男はどん引きで、三男は早く食べたくて苛つきながら見ている……そんなさまがありありと脳裏に浮かんで、僕は食べる前から楽しい気持ちになってくる。

「お待たせしました！」

「おう、ほな、いただきます」

「いただきます！」

どれも旨そうだが、まずはステーキだ。

先輩と二人だから許されると信じて、僕はまず、ステーキをいっぺんに切り分けてしまった。

そこにグレービーソースを気前よく掛け回し、フォークで端っこの一切れをザクリと刺して頬張る。

「ん！」

肉の柔らかさに、思わず声が出た。

「芸能人のしょーもない食レポみたいなこと言うなや？」

同じようにステーキを味わいながら、先輩がちょっと意地悪な表情でそんなことを言う。

「そこまでですか？」

僕は照れ笑いしつつも正直に言った。

「いやでも、言っちゃいますよ、『やわらか〜い』って。歯がビックリしてますもん」

「そこまでですよ。なんだろ、柔らかいけど、表面はカリッとした歯触りがあって香ばしくて、めちゃくちゃジューシーで、赤身の美味しさなんだけどちょっとだけサシの甘味もあって」

「今度は食通のコメントか！」

「えええ、具体的に表現しようと頑張ったのに！」

「いや、まあ、さすが作家っちゅう表現力やな。俺なんか、『旨い』一択や」

「なーんだ。超シンプルじゃないですか」

「結局、ホンマに旨いもんには『旨い』で十分やねん」

やけにきっぱりとそう言い切って、先輩はパンをちぎり、鉄板の上の肉汁とソースを拭うようにして口に運んだ。

なるほど、そのためのパンか！

「先輩は、本当に用意周到ですよね」

さっそく真似《まね》しつつ、思わず感心してそう言った僕に、先輩は軽くのけぞってみせる。

「なんやねん、唐突に」

「いや、だって」

そのとき、背後で突然、「ハッピーバースデー」の歌が聞こえてきた。

驚いて振り返ると、ちょうど店員がデザートの皿を、背後のテーブルに運んでくるところだった。

どうやらそのテーブルにいる家族四人連れの一人、小さな女の子の誕生日祝いディナーであるらしい。

事前に頼んでおいたのだろう、彼女の前に置かれた皿には、細長いロウソクを立てた小さくて丸いケーキが載っている。

店員と家族に歌で祝福され、女の子は嬉しそうにロウソクの火を吹き消した。

　思わず周囲の客……勿論僕たちも一緒に拍手で祝ってから、再び料理に向き直った僕に、先輩は真顔でこう囁《ささや》いた。

「おい。用意周到て褒められたところで何やけど、さすがにアレは手配してへんで。期待しとったら悪いけど」

　とんだ先輩の心配性ぶりに、僕は思わず噴き出した。

「してませんよ！　そういう意味じゃないです。色々気遣ってくださってありがとうございますって言いたいだけなんで」

「そやったらええけど。ケーキ、買うて帰るか？」

「ケーキは、誕生日の三日後に、お互いの快気祝いを兼ねて買ってくれたじゃないですか。あれで十分ですよ。それより、オムライス貰ってもいいですか？」

「あっ、待て待て。今日は俺が全部取り分けたる」

「じゃ、お言葉に甘えて。よろしくお願いします」

　いそいそとオムライスを真っ二つにする先輩の鮮やかすぎる手つきを、「さすが医者」と茶化《ちゃか》しながら、僕はくすぐったい気持ちで眺めていた……。

　確か、早い時刻に夕食を摂《と》ったのは、「就寝前に、ステーキが十分に消化できているように」という遠峯先輩の思慮深い提案からだったと記憶している。

そして今、午後十時過ぎ。

確かにステーキは僕らの胃袋から消え去ったようで……だからこそ、僕も遠峯先輩も、何だか妙に腹が減って、落ち着かない気持ちになっていた。

「お前はこれから仕事やから食うてもええとして、問題は俺や」

ダイニングの椅子に長い脚を組んでどっかと座り、遠峯先輩は深刻な面持ちで言った。

僕も、立ち上げたもののまだ触ってもいないノートパソコンの液晶ごしに、そんな先輩のやけに凛々《りり》しい顔を見る。

「やっぱり、ドカ飯を食べた後って、妙に腹が減りますよね」

「ほんまにな。このままでは眠れん程度には、腹減った」

「うーん、でも先輩、日付が変わる頃には確実に寝なきゃでしょ？」

「おう。それまでに……なんかこう、軽く」

「梨とか？」

「そういう気分やないねんな。軽うても、食事的なもんを脳が欲しとる」

「つまり、塩味を」

「塩と炭水化物を。さすがに脂はもう要らん」

先輩はそこで言葉を切って、僕の顔をつくづくと見ながらこう続けた。

「お前の小説の三兄弟が竹園でステーキ食うて、この時刻に、三男が腹減った！　て言いだしたとき、長男が何を夜食に作ったるかっちゅうロールプレイや」

「えええ？　そういう話ですか」

「役に立つやろ？」

「まあ……確かに。三男が、『兄ちゃん、腹減ったわ。ラーメン食うてええ？』って言いだして、次男が『ラーメンはもうないで。俺が昨夜食うたもん』ってしれっと言って、二人が揉めると思うんですよね～」

僕の想像に、先輩はすぐさま乗ってきてくれた。

「で、長男が『おいおい、鬱陶しいから狭い家ん中で揉めんな』て仲裁して……で、何作る？　冷蔵庫には、ろくなもんが残ってへんで？　炊飯器の中も空っぽや」

「ちょ、勝手にハードル上げる設定作らないでくださいよ」

抗議しつつも、こうやって自分以外の人のアイデアが入り込んでくるのは、けっこう楽しい。脳がほどよく掻き混ぜられる感じで、ワクワクしてくる。

「そうだなあ……。この時刻に食べても罪悪感がなくて、でもそれなりに満足感がある」

「どっちも重要やな。あ、俺にとっても、三兄弟にとっても」

もっともらしい顔で、遠峯先輩はそんなことを言う。

「うーん……よしっ、決めました」

僕はちょっと考えて、片手鍋二つにお湯を張り、どちらも火にかけた。

一方の鍋には、冷蔵庫から取りだした出汁パックを放り込む。

「お、メニューが決まったんか?」

先輩は興味津々で立ち上がり、鍋の中を覗き込む。

「出汁?」

「これ、ただの出汁パックじゃないんですよ。京都の『七味家本舗《しちみやほんぽ》』の……」

「ん? 『七味家』言うたら、それこそ七味の店違うんか?」

「いやいや、七味もいいですけど、僕的には、この『おばんざいのもと』が大傑作なんですよ」

先輩は、不思議そうに首を捻る。

「聞いたことあれへんな。『おばんざいのもと』て?」

「ただの出汁じゃなくて、ほぼ味が決まるんですよね。お吸い物なら、このパックだけで十分美味しい感じに仕上がるんです」

「へえ。そら便利やな」

「ですよ。今回はちょっとだけ味を足すつもりではいますけど」

説明しながら冷蔵庫から取りだしたのは、卵ふたつと刻み葱のパックだ。卵は小さなボウルに割り入れて、よく溶きほぐしておく。

そうこうしているうちに出汁パックを入れていないほうの鍋の湯が沸騰したので、僕はそこに「白石温麺」を二束、パラパラと投入した。

この前、いかりスーパーで何の気なしに買っておいたこの乾麺は、うどんと素麺《そうめん》の中間くらいの細さで、とても短いのが特徴のようだ。

先輩はよく知ってるらしく、「おっ、片倉小十郎《かたくらこじゅうろう》おすすめの麺やな」と顔をほころばせた。

「片倉小十郎？」

「伊達政宗《だてまさむね》の片腕の、片倉小十郎やないか」

「そうなんだ。あ、伊達政宗はさすがに知ってますけど、スタッフの人までは今イチ」

「スタッフの人て。せめて家臣て言うたれや」

「それより、ちょっと一本食べてみて、いけそうだったらもうザルに上げて洗っちゃってください」

「よっしゃ」

立っている者は親でも使え、もとい、立っている者は呆れ顔の先輩でも使え、だ。

先輩は、菜箸で麺を一本取ってつるんと食べると、満足げに頷き、鍋をシンクへ持って行く。

僕はグラグラ沸いた出汁からパックを取り出すと、味を確かめてから、みりんと薄口醬油を少しだけ足した。

「水でしめるとこまでやったで？」

「じゃ、出汁の中に入れちゃってください。あと、丼をふたつ」

「よろこんでぇ」

居酒屋の店員のような、そのくせ若干やる気のない口調で応じつつ、先輩は指示どおりに動いてくれる。

「ほい」

調理台に並べられた丼に、まずは、出汁の中で十分に温めた温麺だけを取り出して盛りつけ、出汁の入った鍋は再び火にかける。

出汁が沸いたら、水とき片栗粉《かたくりこ》を少しずつ入れてゆるいとろみをつけ、そこに今度は溶き卵を細く垂らしてふわっふわに仕上げた。

これを温麺の上にたっぷりと盛りつけて、あんかけ仕立てにする。

けいらんうどんならぬ、けいらん温麺だ。

仕上げにおろし生姜と刻み葱を散らせば、そこそこヘルシーで、「塩と炭水化物」という先輩の希望を満たす夜食が出来上がる。

せっかくなので、「おばんざいのもと」にサービスでついてきた名物の七味唐辛子も添えた。

「旨そうやな〜」

丼を両手で慎重に持ってテーブルに運びつつ、先輩は心底幸せそうな顔をした。

「何だか、今日は夕方から卵ばっかり食べてる気もしますけど」

「言うても、シーザーサラダでひとつ、オムライスでひとつ、ナポリタンでひとつ……を、二人で分けたから」

「一個半ずつですよね。で、今、卵を二つ使ったんで、プラス一で、二個半」

「卵三個のオムライスも珍しゅうないねんから、どうっちゅうことはないやろ」

「まあ、それもそうか」

「卵は良質のタンパク源や。ニワトリさんからありがたく頂戴しよう。いただきます！」

「いただきます。ってか先輩、たまに可愛い言葉使いしますよね、ニワトリさんとか」

「アホ、呼び捨てにできへんやろ、肉にも卵にもお世話になっとんのに」

「僕は呼び捨てにされてますけど!?」

「お前はええねん」

特に理由はなしでそう断言すると、先輩はあつあつのあんかけ温麺をこれでもかというほど慎重に吹き冷ましてから啜り、「滅茶苦茶旨いけど、これ、食い終わる頃には汗だくやな。寝る前に、もっぺん風呂や」と苦笑いした……。

十月

「おっ、遠峯先生、ポスター展示の質疑応答、そろそろ違うんか？」

東京国際フォーラムのホールから広々した地上広場へ出た途端に、前方から近づいてくる男性に大きく手を振って呼びかけられ、俺は足を止めた。

大股にやってきたスーツ姿の男性は、医局の先輩医師、坂口《さかぐち》先生だ。

俺は軽く会釈して答えた。

「いえ、もう終わりました」

「ホンマか！　聞きに行って、チャチャ入れたろうと思とったのに」

「なんで身内が狙撃しようとしてはるんですか」

わりと正直な呆れ顔でそう言うと、坂口先生は「うぇへへ」と独特の笑い方をして、自分がやってきたほうを後ろ手で指した。

「ほんで、厄介ごとを片付けて、これからはパーッと豪遊にお出掛けかいな」

「まさか。ちょっと東京駅界隈をぶらつこうかと思うてるだけですよ」

「ホンマかぁ？」

「ほんまですって。それに夜は、懇親会にチラッと顔出した後、来てる医局員全員で食事会やって聞いてますし、そもそも豪遊する時間なんかあらへんですよ」

俺がそう言うと、坂口先生はポンと手を打った。

「言われてみたらそうやった！　コロッと忘れとったわ。何時からやったっけ」

「懇親会場に六時半集合です。教授《プロフエッサー》がご指名を受けて乾杯の音頭をとらなあかんので、それが済んでからみんなで移動するて聞きましたよ」

「あー、なるほど。了解了解。そう言うたら、そんな話をチラッと聞いた気ぃするわ。うわあ、遠峯先生に会わんかったら、ひとりで銀座に繰り出してしまうとこやった」

そんなお気楽発言をして、坂口先生は、俺の肩をバシバシと必要以上に強く叩く。

「俺は今から発表やねん。ほな、気ぃつけて。さっきの俺みたいに、新宿《しんじゆく》駅で遭難せんようにな」

そう言い残し、坂口先生はさっき俺が後にした会場のほうへとのんびりした足取りで去っていった。

これから発表だというのに緊張のかけらも見せないのは、貫禄なのか、いい加減な性格のせいなのか。たぶん両方なのだろう。

俺は、再び東京駅のほうへ向かって歩きながら、思わず首を振った。

（新宿駅で遭難て。どんだけ鈍くさいねん）

そのときはそう思ったが、後日、かつて東京に住んでいた白石にその話をしたところ、真顔で「新宿駅は油断すると遭難しますよ。大阪で言うところの梅田駅地下ダンジョンみたいなもんです」と言っていたので、これはどうやら、坂口先生にまったく失礼な感想だったようだ。

とにかく俺は無事に、そこそこ大規模な学会での研究発表という肩が凝る任務を果たすことができた。今回の東京出張のメインミッションは、これにて達成ということになる。

夜に控えている教授主催の会食は正直面倒臭いが、聞くところによると、代官山《だいかんやま》のフレンチレストランに予約を入れているらしい。

およそ自腹では食えないゴージャスなフルコースが食える気がするから、それは少しばかり楽しみだし、白石へのいい土産話にもなるだろう。

そうだ、話だけでなく、土産物も必要だ。

白石に、東京駅で手に入るらしいアイテムをいくつか頼まれているので、これから会食までの間に買い込んでおきたい。

明日の帰り際でもいいのだが、万が一、見つけ損なったら、俺の性格上、気になってモヤモヤしてしまうに違いないからだ。

（まだ、懇親会までは三時間ほど自由に使える時間がある。他にも目についたものを適当に買うて、ホテルに置いてくるとしよか。それにしても、ええ天気や）

俺は歩きながら、晴れ渡った空を見上げた。

東京は建物が混み合い、緑に乏しく、車と人で溢《あふ》れかえっているというイメージがある。実際、都心部ではそういう場所も少なくはないようだ。

しかし、この広々とした東京国際フォーラムの敷地内にいると、建物の配置がゆったりしているせいか、不思議なくらいのびのびした気持ちになるし、呼吸も楽にできる。

それに、十月も半ばになって、ようやく「暑い」と感じる日が減ってきた。スーツで過ごすことが、まったく苦にならないのがありがたい。

(思うたら、平日の昼間に外を歩くっちゅうんが、滅多にないことやもんな)

「東京駅まで、ぶらぶら散歩を楽しむか」

そう呟いて片手でネクタイを緩めると、俺はいつになく開放的な気分で歩き出した。


「ええと……次はあっちか」

スマートホンで表示した地図を見て歩きながら、俺は心の中で白石を軽く呪った。

あいつめ、「僕がほしいものは、ぜーんぶ東京駅のグランスタで買えますから」などと涼しい顔で嘯《うそぶ》いていたが、そもそもグランスタには東京と丸の内があるし、グランスタ東京は一階と地下一階に分かれているし、なによりそれぞれ改札内と改札外の両方に展開しているではないか。

丸之

「ここが銀の鈴か。で、この向かいに……なるほど、あった」

東京出張は幾度か経験しているし、グランスタも何となく歩いたことはあるが、全体像を把握していなかったせいで、目当ての店がどこにあるかを地図で見つけるのにやたら手間取った。

坂口先生が遭難したという新宿駅とどちらがややこしいかは俺の知ったことではないが、店名とその店があるエリアを照合しながら彷徨《さまよ》わなくてはならない今の俺のほうが、若干、難易度が高い状況に置かれているのではなかろうか。

ようやく要領が摑めてきたと思った頃には、買い物も終盤という皮肉な成り行きだ。

とはいえ、駅にここまで色々な店が集結していると、旅行客の買い物は、ほとんどここで済んでしまうのではなかろうか。

大きな紙袋がパンパンになったところで、ようやく今日のうちに買えるものはひととおり揃った。

「さてと」

あとは、東京駅にほど近い、懇親会場にもなっているホテルの部屋に荷物を置き、懇親会の刻限まで休憩すればいいわけだが、テレビを見ながら部屋のベッドに転がっているだけというのも、なんとも味気ない。

まだ小一時間程度の余裕があるのだから、東京ならではの店にでも入って一休みを……

と考えたところで、格好の場所が至近にあることを思いだした。

(俺の記憶が確かなら、改札を出たところを左に折れて……)

最初に目に留まったのは、千疋屋《せんびきや》の店頭のガラスケースだった。

メロンやマンゴーをたっぷり使った持ち帰り用の小さなパフェが並んでいて、いかにも旨そうだ。

千疋屋のティールームで和栗か洋梨のスイーツでも……と一瞬思ったが、考えてみれば、夕食はフレンチと既に決まっている。

洋菓子は、フルコースのデザートと被ってしまう可能性がある。

となれば……。

もう少しだけ歩を進めると、格好の店にたどり着いた。

本店は上野《うえの》公園《こうえん》前にある、「あんみつ　みはし」の東京駅店だ。

前回の東京出張のとき、偶然ここに店があるのに気付いたが、そのときは時間がなくて前を通り過ぎただけだった。

だが、今日ならば。

幸い、店の前にできている行列も平日だからか短く、十分ほど待っただけで、俺は店の中へと招き入れられた。

間口が狭いので小さな店かと思いきや、店内は意外と広々している。

おそらく、四十席ほどあるだろうか。テーブルの間隔も、ゆったりとまでは言わないが、満員なのに、さほど圧迫感はない。

照明も店内の間仕切りも障子を模した設えで、その白さが店内に清潔な明るさをもたらしているようだ。

二人掛けのテーブルに案内された俺は、さっそく各テーブルに置かれたメニューを広げた。

あんみつの店なのだから、あんみつを食べるのが定石だろう……などと考えていたのだが、うっかりメニューを見てしまったせいで、俺は猛烈に迷い始めた。

あんみつといっても、一種類ではないのだ。

白玉あんみつもあればクリームあんみつもあり、杏あんみつ、小倉あんみつ、抹茶あんみつと、実にバラエティ豊かだ。

折々でトッピングが変わる「季節のあんみつ」は今は栗であるらしく、それも実に魅力的だ。

他にも、各種アイスクリームやソフトクリーム、くずもち、ところてん……そして何より魅力的なのは、始まったばかりだというあわぜんざい。

実は、俺はまだ一度もあわぜんざいを食べたことがないのだが、あのプチプチした黄金色のあわときめ細やかなぜんざいの取り合わせは、実に心惹かれる一品だ。

どうせならあわぜんざいをと思っていたのに、母親くらいの年齢の店員が注文を取りに来てくれた途端、俺は何故か「栗クリームあんみつを」と口走っていた。

「はーい、ソフトクリームが載ってるほうね。今だけのあんみつですから、美味しいですよぉ」

店員はそう言って満足げに微笑み、去っていく。

とても、今さら呼び止めて注文を訂正できる気配ではない。栗クリームあんみつは、あの店員にとっては心からお勧めのメニューなのだろうから。

（あるある、この手の翻心。なんでか知らんけど、土壇場で自分自身を裏切ってしまうねんな）

熱いお茶を啜りながら、俺は思わず苦笑いした。

食べたことのないものを注文してみようとする理性より、冒険を避けて確実に旨いものを食いたいという感情のほうが、いつだって俺の中では強いのだ。

こうしてまた縁遠くなってしまった、まだ見ぬあわぜんざいよ。いずれ、またの機会に必ず。

隣のテーブルのご婦人方の、「上野の店では、今くらいの時期から、おでんが食べられるのよ。こーんな大きな、三角形のはんぺんがね……」などという実に心惹かれる話に耳をそばだてているうち、俺の前に栗クリームあんみつの器が置かれた。

お茶のおかわりを頼んでから、俺はまず、あんみつをほれぼれと眺めた。

思いのほか、迫力のある器だ。

ぽってりとした厚みの白い陶器で、側面には藍色で色々な花が描かれている。深さもあって、ハーフサイズの麺類くらいなら十分に入りそうだ。

その深い器の縁からぴょんと飛び出しているのは、ソフトクリームの頂きである。

子供の頃と違って、ソフトクリームを無邪気に食べる機会は激減したので、こういうところで久しぶりに出会うと、やけに嬉しい。

その白いソフトクリームを取り囲むように、缶詰のみかん、求肥、ブロック状にスライスされた不思議な形状のこしあん、それから甘露煮と渋皮煮という二種類の栗が二粒ずつ。

そうしたバラエティに富んだトッピングの隙間から、角がキリッと立った寒天がチラチラと覗いている。

まさに、あんみつのお手本のようなビジュアルだ。

心の中でいただきます、と唱えて軽く礼をして、俺はスプーンを取った。

まずは、ソフトクリームのくるんと巻いた先端をちょいと掬って口に入れる。

冷たさと甘さと、スッと溶けていく中にほのかに香る牛乳。

幼い頃から、ソフトクリームの「ちょっとしたご褒美感」は少しも変わらない。

今では、コンビニエンスストアやファーストフードの店で小銭を出せば買えるものだとわかっていても、存在感がまったく揺るがないのが凄いと思う。

ああ、やはりこの店にしてよかった。

そう思いながら、黒蜜をからめた寒天を味わい、柔らかで真っ白な求肥をこしあんと一緒に口に放り込み、さんざん勿体ぶってから、栗の甘露煮をほっくりと味わう。

このこぢんまりした器の中で、海から来た寒天と、牧場から来たソフトクリーム、そして（たぶん）山から来た栗が出会い、他の素材と共に一つのあんみつという甘味を形成しているのだと思うと、何だかとても密度の濃い贅沢をしているような気がする。

（まるで、一つ屋根の下で俺と白石がそれぞれの仕事をしながら、なーんとのう一つのユニットみたいに暮らしとるようなもんやな）

ついそんなことを考えた途端に、白石の膨れっ面が頭にボワンと浮かんだ。

「ええっ？　みはしであんみつ食べたんですか？　ずるい！」

同居生活が長くなってくると、だんだん奴のコメントまでも容易に想像できるようになってくる。

（買うて帰ったりたいけど、明日でないとアカンな。帰りに時間あったらええけど……いや、弁当も買う約束しとるから、ちょっと重いな）

そんなことを考えつつ、ふと見れば、メニューと共にあんみつ宅配のチラシが置いてある。

(送ってもらえるんか!)

どうやら、クール便であれこれ送れるようだ。

俺が今食べているのとかなり近い感じの栗あんみつも、みつ豆も、豆かんも、ところてんも……そして、ついさっき、俺が注文し損じたあわぜんざいさえも!

商品単価がさほど高くない上に、大量にストックできるタイプの食べ物ではない。送料が割高になることは避けられないが、この際、欲張って栗あんみつとあわぜんざい、両方を二人前、自宅に届けてもらえる安心感こそを買うべきではなかろうか。

(何やったらついでに切り餅も送ってもらうか。冷凍すれば、正月まで保つやろう)

そんなことをかなり真剣に検討しつつ、俺は栗クリームあんみつの最後の一口にと残していた栗の渋皮煮を口に放り込んだ……。


翌日、俺が帰宅できたのは、午後十時を過ぎてからだった。

本当は、夕飯時までに帰りたかったのだが、准教授が、学会の地域貢献活動の一つである市民講座を担当しており、そのお供を言いつかってしまったので、帰途に就くのがすっかり遅くなってしまった。

白石に連絡は入れておいたが、一抹の罪悪感を胸に、自宅の玄関扉を開けた俺の耳に飛び込んできたのは、恐ろしく元気いっぱいの声だった。

「おっかえりなさーい！」

声の主は言うまでもなく、満面の笑みを浮かべた白石である。

俺は奴の足元に、ぶら下げて帰ってきた紙袋をふたつ、ドサッと置いた。

「ただいま。っちゅうかお前、ええ加減にせえよ。頼まれたもんを買うだけで東京駅の一階と地下一階をグルグルしたで、俺」

「あっはっは、お土産、大漁だ。だから、全部じゃなくていいって言ったじゃないですか」

「そう言われたかて、聞いてしもたら気になるやろが」

「ふふ、先輩ならそうだと思った。お風呂、用意できてますよ」

「おう。小さいほうの紙袋に、弁当が入っとうから」

そう言うと、白石の子犬のような目がますます輝く。

「やった！　じゃ、みそ汁作って待ってます」

「おう。二十分で戻る」

いつもの癖でそう宣言して、俺はヨロヨロと二階の自室へ向かった。

ベッドの上にスーツを脱ぎ捨て、ネクタイを放り投げ、逃げ出す間男のような間抜けな格好で浴室へ向かう。

帰宅してすぐ風呂に飛び込める幸福は、同居人である白石がいるおかげだ。

とはいえ、今回の出張の疲れの半分は、奴のための土産物を買い集めることで食らったようなものなので、プラマイゼロという気もする。

「まあ、あんだけ喜ばれたら、満足やな」

力なくそう呟いて、俺はくたびれたワイシャツを脱ぎ、洗濯機に放り込んだ。

二十分かっきりでダイニングへ行くと、白石はテーブルの半分に、俺が買って来た土産を紙袋から取り出し、嬉しそうに並べているところだった。

「プレスバターサンド、『プログレ』のみかんとパインのドライフルーツ、『元町香炉庵《もとまちこうろあん》』の東京鈴もなか、『神保町《じんぼうちょう》いちのいち』で売ってるバッグとメモパッド、Suicaペンギンの来年のカレンダー、『松露《しょうろ》』のフルサイズの玉子焼……頼んだもの、マジでほぼ全部買ってきてくれたんですね！」

そう言われて、俺はわざと顰めっ面を作って頷く。

「なんや、『Zopf《ツオップ》』のカレーパンだけは無理やったけどな。前日に買っとくわけにいかんかったし、帰り際は行列が長すぎて、新幹線に間に合いそうになかったから諦めた」

「あー、そんなに人気なんだ。残念ですけど、そこは弁当を買ってきてくれたから、全然オッケーです」

「そら、よかった。ま、とにかく飯にしようや。腹減った」

「はーい！　みそ汁、あっつあつですよ」

白石はそう言って、俺好みの白味噌仕立てのみそ汁を、たっぷり椀によそって寄越してくれた。具は、なめこと豆腐。完璧だ。

「ビールは？　飲みます？」

「いや、もう時間が遅いから、やめとくわ。新幹線の中で、一缶飲んでしもたしな」

「なるほど。僕も、これから仕事だからパスだし。じゃ、お茶で乾杯しますか。お帰りなさい！」

「ただいま。えらい待たせてしもたな。もはや夜食の時間帯や」

「いえいえ、夜食、僕的には上等ですから」

冷たい緑茶で乾杯をして、俺たちはさっそく弁当の蓋を開けた。

東京駅の八重洲南口にある弁当専門店で手に入れた、亀戸升本《かめいどますもと》の「すみだ川あさり飯」という弁当だ。

六角形の器の中に、まずは名前のとおり、ふっくらしたあさりがたっぷり盛りつけられたあさり飯が三割五分ほどのスペースを占めている。青のりの緑が鮮やかで、なんとも食欲をそそられる醤油の香りがした。

中央には、名物らしい「亀辛麹」というソースのようなものが入った、小さな器が嵌め込まれている。

こいつは本当に辛いのだが、箸の先にちょいと絡めてあさり飯を食べると、実に旨い。

いい具合に味変できる、なかなかの優れものだ。

おかずも、野菜の煮物、鴨ロース、大きな鶏のつくね、牛八幡巻き、甘塩っぱい味の玉子焼き、帆立、中華風に味付けされたくらげなど、よくもまあこの狭い空間に詰めも詰めたりといった充実ぶりだ。

しかも、どれもきちんと味付けが違っていて飽きないいし、何を食べてもすこぶる旨い。

味付けは弁当らしくやや濃い目だが、後で喉が渇いてたまらなくなるほどではないいし、おかずごとに甘い、塩辛い、酸っぱいのメリハリがついているので、嫌な感じはまったくしない。

「これは、ようできた弁当やな。今まで食うた弁当の中でも、確実にベスト3に入る気ぃするわ」

思わずストレートな賛辞を発した俺に、白石は何故か得意げに胸を張った。

「でしょ？　これ、僕が東京に住んでた頃、特別なときだけ買いに行く、いわゆるご褒美弁当だったんですよ」

「ご褒美て、何のや」

「勿論、仕事のですよ。一冊分の原稿が上がると、この弁当を食べていいってルールにしてました。だから今、凄く贅沢してる気分です」

ニコニコ顔でそんなことを言う白石に、俺は当然の質問を投げかけてみる。

「今日、原稿は……」

するとと白石は、ただでさえ貧弱な肩を竦めて小声で白状した。

「実を言うと、あんまし進んでないんですけど」

「アカンやないか」

「でも、今日のは先輩からのお土産だからオッケーなんです。僕が買ってきたわけじゃないですからね」

ちろりと舌先を出してそう言った白石は、嬉しそうに焼き魚をほぐしながらしみじみと言った。

「はあ、懐かしいなあ。狭いアパートで、ひとりでニコニコしてこの弁当食べてたんですよ、僕。マジで懐かし……あ、そうか」

「あ？」

弁当から視線を上げて俺の顔を見る白石の表情は、何故か少々切なげだ。

俺が訝ると、白石はやはりどこか寂しそうな顔で笑ってこう言った。

「さっきから、先輩が買ってきてくれたお土産にはしゃいじゃったり、この弁当を食べて懐かしいって思っちゃったり……」

「それが？」

「そうか、僕にとっての東京って、ついにいつか戻る場所じゃなくなっちゃったんだなっ京に戻ろうって思ってたはずなのに、もう完全に、あっちの人間じゃなくなっちゃったなと」

「ここに転がり込んだときは、いつか態勢を立て直して、気持ちを切り替えられたら、東

「あ?」

て実感しました」


「……あー」

つい、間の抜けた声を出してしまったのは、咄嗟に白石の気持ちを測りかねたからだ。

しかし当の本人は、俺を見て小さく噴き出した。

「あー、って、その気のないリアクション!」

「い……いや、何ちゅうか、それはお前にとってええことなんか悪いことなんか、俺にはようわからんから、どう言うてええか」

すると白石は、白身魚を頬張り、うーん、と唸った。

「いいか悪いかは僕にもわかんないですよ。でも、何て言うのかな。そもそもは先輩の家に逃げ込んだわけじゃないですか、僕」

「まあ、そんな感じやったわな」

「だけど、芦屋の街をウロウロして少しずつ詳しくなって、この家にも馴染んじゃって、先輩との暮らしも楽しくて、仕事もちょっとずつ上手くいくようになって、この辺りを舞

台にした小説を何本か書かせてもらえるようになって……」

　そこで言葉を切って、白石は箸を置いた。そして、俺に向かってペコリと頭を下げる。

「ありがとうございます！」

　いきなりの感謝の言葉に、俺は箸を持ったままのけぞってしまう。

「何やねん、飯の最中に唐突な」

「いや、お礼は言いたいときにすぐ言ったほうがいいだろうと思うんで。マジでありがとうございます。先輩が、ここを『僕んち』にしてくれたから、今の僕があるんです」

　白石の顔に、はにかんだ笑みが浮かぶ。

「先輩が東京に出張するって聞いたとき、食べたいものがいっぱい浮かんで、あれこれ頼んじゃったし、今、横目で見るだけでもウキウキなんですけど、その一方で、全然恋しくないんですよね」

「つまり、東京に未練がないっちゅうことか」

「東京に未練がないというか、僕にとって、あそこはもう思い出の場所なのかな。今の僕は、芦屋にいるのが当たり前っていうか、ここに軸が刺さってる感じがします」

「ふうん」

「でもって、小説家の仕事はここでも問題なくできるし、むしろここを舞台にすると、物語が転がしやすいんです」

「そういうもんなんか。素人としては、東京のほうが色々あって、ネタには事欠かん気ぃするけどな」

「そこは人それぞれかな。僕にとっては、東京は色々ありすぎたのかも。こっちは何かと緩やかだから、人間も物もよく観察できる気がして」

「ああ、それはあるかもしれん」

「あと、単純に僕自身が暮らしていて気持ちがいいので、キャラクターものびのび生きてる感じがします。今の暮らしが凄く心地いいんで、僕としては、これからもここを『僕んち』って呼びたいなあ……なんて」

上目遣いでそんなことを言う白石に、俺は「アホか」と、畳んだ箸袋を投げつけた。

「好きなだけおったらええて、いつも言うとうやないか。俺のほうかて、お前が家におるんが、もはやスタンダードや。今さらおらんようになったら、調子狂うやろ」

「おっ、一家にひとり、白石真生ですね！」

「うちだけでええわ。よそには要らん。ちゅうか、その証拠に、昨日、一休みしてあんみつ食うとったとき、お前の顔が浮かんで、つい宅配を頼んでしもた」

「え？　マジで？　あんみつ、大好きです」

「明日か明後日、『みはし』の栗あんみつとあわぜんざいが届くから、受けとって冷蔵庫に入れといてくれや」

　すると、白石はたちまちパッと顔を輝かせて胸を叩く。

「お任せください！　ばっちりケアしますよ。なるほど、やっぱり僕がいたほうが、この家、上手く回る気がしますね！」

　この、ナイーブなところを見せたと思うと、途端にマイペースかつ調子のいいことを言い出すあたり、こいつは高校時代からほとんど変わっていない。

　しかし、そこが憎めないのだから仕方がないし、実際、俺のほうも、白石が来てから生活に張りがあるというか、まあ、有り体に言えば楽しい。

「まあ、白石も山の賑わいっちゅうからな」

　そんな気持ちを伝えるには遠回しすぎる表現に、案の定、白石はキョトンとしてしまう。

「何ですか、それ」

「ええから、はよ食うてしまえ。ご褒美弁当をゲットしたからには、これから原稿頑張らんとあかんやろ」

「そうでした！　頑張りますよ、この玉子焼きに誓って！」

　そう言うと、白石は大きな玉子焼きをこれまた大きな口を開けてパクリと頬張り、箸を持ったままの右手を宣誓するように挙げてみせた……。

十一月

ピーピロピーッピ♪

浴室のほうから聞こえてきた電子音のメロディーに、僕はノートパソコンのキーボードの上にあった両手を微妙に浮かせた。

もうすっかりお馴染みになった、洗濯機が教えてくれる洗濯完了の合図だ。

「ん、もう二時半か。作業、いったん中断しよっ」

自分に言い聞かせるように小声でそう言って、僕は書きかけの原稿に保存をかけてから、席を立った。

一人暮らしだった頃は、〆切前などそれこそまる一日、トイレ以外はほとんど席を立たず、机の脇に置いたお茶やお菓子で飢えと渇きを凌《しの》ぎながら原稿を書き続けるような日も珍しくなかった。

でも今は、わざと色々な家事、たとえば洗濯や掃除、庭仕事、時には買い物なんかも執筆の合間に挟むようにしているので、だいたい一時間に一度は身体を動かして、他のことをする習慣がついた。

先輩は同居を始めた頃、心配して、「仕事の邪魔になっとるんやったら、無理して何もかんもやろうとせんでええんやで」と何度もそう言ってくれた。

でも、僕にとってはけっこういい気分転換というか、クールダウンの機会なので、決して仕事の邪魔になんかならないのだ。

あまりに原稿にのめり込むと、書き手である僕の視野が狭くなってしまって、気付けばキャラクターたちがむしろ自由に動けなくなっていることがある。

集中と散漫を上手く組み合わせて執筆のリズムを作ることを、僕はこの家に来て初めて学んだ。

この二年ほどで、僕の小説の売り上げが少しずつ上向いてきたのは、そういう執筆のペースが出来上がってきたおかげもきっとある。

(ホントに、ここに転がり込んだのはラッキーだったな。何もかも、高校の卒業式で、遠峯先輩が「何かあったらいつでも来い」って言ってくれたおかげだ)

しみじみとそう思いながら脱衣所に向かうと、洗濯機の中ではいつものように洗濯物が複雑に絡み合って洗い上がっていた。

「これが全部バラバラ、しかもシワがピーンと伸びた状態で仕上がるような洗濯機を開発した人には、ノーベル平和賞をあげたいよね。家事をする人の暮らしが、ぐぐんと快適で平和になるもん」

そんな馬鹿げた独り言を言いながら、僕は洗濯機の横に畳んだ状態で片付けてあった、樹脂製の小さなテーブルを取り出した。

おそらく本来は、カジュアルなホームパーティやバーベキュー用に作られた、アメリカ製のガーデンテーブルだ。

ポップなグリーンのテーブルを洗濯機の前に広げて置くと、僕は一枚ずつ洗濯物を取り出して、卓上で軽く畳んで手のひらで皺《しわ》を伸ばし、どんどん積み上げ始めた。

こうして一手間かけることで、干すときにぐんと作業が楽になる。

昼間の作業中、たまにつけておくワイドショーの類は、ほとんどくだらないゴシップと芸能ニュースとグルメ関係の話題に終始するけれど、たまに家事をより快適にこなすためのグッズやテクニックを教えてくれることがあって、そういう情報はけっこう役に立つ。

その手のライフハックには、首を捻るやつもまあまあるものの、たいていベテラン主婦が自分の経験から授けてくれる知恵が多いので、そういう話題になると、ついテレビの前まで行ってメモを取ってしまう。

この「洗濯機から取り出してすぐ畳む」は、お掃除サービスの達人が教えていたので、おそらく僕以外の人にも役に立つんじゃないだろうか。

（いつか、小説のキャラクターにもこうやって洗濯物の処理をさせてみよう。三兄弟なら、次男かな。あいつ、自宅仕事だもんな）

そんなことを思いながら、タオルの端っこを引っ張ってパンパンと景気よく皺《しわ》を伸ばしていたら、玄関のインターホンが大きな音で鳴り響いた。

「ん？　先輩、また何かお取り寄せしたのかな」

この時間帯に来るのは宅配業者がほとんどなので、僕は大急ぎで玄関に行き、靴箱の上に置いてあるハンコを流れるような動作で取って、外に出た。

「お待たせしました〜。あれっ」

ところが、門扉の外に立っていたのは、すっかり顔なじみになった宅配業者ではなかった。

とはいえ、知らない人でもない。

お隣さんだ。

この家は路地の突き当たりにあるので、左右斜め前の家が便宜上のお隣さんということになる。今、目の前にいるのは、我が家を背にして斜め右の、淡いピンク色の壁が印象的な伊藤《いとう》家の奥さんだった。

伊藤家は夫婦二人暮らしで、どちらも七十才を超した、いわゆるご隠居さんだ。

かつて遠峯先輩のお祖母さんがご存命だったとき、伊藤さんご夫婦に生活面で何くれとなくサポートしてもらっていたそうで、遠峯先輩はそのことにとても感謝していると言っていた。

特にベタベタしたつきあいはないけれど、ごくたまに頼まれて、僕と先輩とで電球の交換や棚の取り付け、硬い瓶の蓋開けなどをささやかに手伝ったことがある。

夫婦ともに筋力が落ちてきているし、足腰も少し悪くて、踏み台に乗るのが怖いのだそうだ。さもありなん。踏み台なんて、僕だってちょっとドキドキしながら乗る。

そんなわけで、伊藤さんご夫婦には、昼間は僕がたいてい在宅しているから、できることがあったら気軽に声を掛けてくださいと言ってある。

(また、何か仕事ができたかな)

僕はハンコをジャージのポケットにさりげなく突っ込み、門扉の鍵を回しながら挨拶した。

「こんにちは。寒くなりましたね」

「すっかりね。十一月に入るなり寒くなってしもて、ねえ」

「ほんとに」

そんなありがちな気候の話をしながらがたつく門扉を開けた僕は、「ん?」と思わず小さな驚きの声を上げた。

小柄な伊藤さんの奥さんは、もしかしたら旦那さんのものかもしれないちょっとぶかっとしたダウンベストを着込み……そして、そこそこ大きなオレンジ色のカボチャを両手で胸の前に抱えていたのである。

そう、あの、ハロウィンの頃によく見る、ジャック・オー・ランタンを彫刻するのにピッタリな、アレだ。

しかも、ヘタの脇あたりに、ざっくりと包丁が刺さった状態で。

「カボチャ？　でもって、包丁イン？」

思わず声を上げた僕に、伊藤さんはちょっと恥ずかしそうに笑って「そうなんよ」と頷いた。

「どうしたんですか、それ」

「うちの人が、ハロウィンやから言うて、えらい張り切ってスーパーで買うてきてね。玄関に飾ってたんよ」

「ああ、やっぱりハロウィンですか」

ハロウィンのデコレーションなら、包丁がぶっ刺さっている程度のホラー感は許容範囲内……いや、そうだろうか。

僕の戸惑いにはお構いなしに、伊藤さんはいつものちょっとせっかちな調子で話を続けた。

「で、ハロウィンも終わったし、どないかして食べようか言うて切ろうとしたら、硬うて年寄りには歯が立たんのやわ。包丁も、必死で刺したはええけど、びくとも動かんようになってしもて」

「あー、なるほど! これ、ハロウィン的にこういうオブジェにしたってわけじゃないんですね」

「そんな物騒なオブジェはあらへんわ」

伊藤さんはちょっと笑ってから、真顔に戻って、僕にカボチャを両手で差し出した。

「どないかなるかしら?」

「たぶん。キッチンで、頑張って抜いてみますよ。ついでに、切り分けましょうか?」

「あら、そんな厚かましいことお願いしてもいいの?」

「いいですよ。僕、まずまず非力ですけど、カボチャくらいは切れると思うので」

「よかったわ。ほな、半分こにしましょう。年寄りふたりでカボチャひとつは多いから、よかったら遠峯さんと食べてちょうだい」

伊藤さんのこういう申し出を遠慮すると、たぶん思ったより大いにガッカリされることが多いことを、僕は経験から既に知っている。

それに、カボチャならあっても困ることはないと踏んで、僕は素直にお礼を言った。

「ありがとうございます。じゃ、先輩と一緒にいただきます。で、伊藤さんはこれ、どんな料理にします?」

すると伊藤さんは、片頬に手を当てた。

「どうやって食べるんがいいんかしら。このカボチャは初めて食べるんやけど、やっぱり

煮付けとか?」

「あー、煮付けはどうかな。僕も一度だけ試したことがあるんですけど、すっごく崩れやすかったので、煮付けたら溶けちゃうかも」

「あら、そしたらどうしようかな。煮付けがあかんかったら、みそ汁も今いちやろねえ」

伊藤さんがあからさまに困り果てた様子だったので、僕はこう言ってみた。

「じゃ、僕が料理して、あとでお届けするっていうのは?」

すると伊藤さんは、やや落ちくぼんだ目をパッと輝かせた。

「あらっ! 男の手料理!」

その昭和感漂う発言に、僕は思わず笑ってしまった。

「うち、男ふたりしかいないんで、料理はいつも男の手料理ですよ」

「言われてみたらそうやけど、私らの世代には、何や眩《まぶ》しいわあ」

「そんな大袈裟な。だけど、大したものは作れないですよ? あと、何か、苦手なものとかありますか?」

「特にないけど、あんまりからすぎるもんとか、ニンニクぷんぷんするもんとか、油ギトギトの料理はちょっとねえ」

「なるほど。他は? 逆に、食べたいものはあります?」

「そうやねえ。せっかく若い人に作っていただくんやから、洋食っぽいほうがええかしら」

「なるほど！　聞いてよかったです。じゃあ、できるだけ頑張って作りますから、あんまり期待しないで待っててください」

「期待しすぎないように、でもお夕飯はなんも作らんと、楽しみにお待ちしてます」

ちゃっかりそんなプレッシャーをかけて、伊藤さんはニコニコ顔で自分の家に帰っていった……。


「という経緯で、今夜の晩飯がこういうことになったわけなんですけど」

「……なるほど」

ダイニングキッチンで僕の説明を黙って聞いていた遠峯先輩は、スーツ姿で立ったまま、テーブルの上をしげしげと眺めた。

そこに並んでいるカボチャ料理の数々は、作った僕が言うのも何だけれど、とても美味しそうに見える。

バターソテーしたカボチャを上に飾った、きのこと小エビのグラタン、カボチャのポタージュ、さいの目切りのカボチャと輪切りソーセージとコーンを入れた、ピラフと言い張りたいけど実情はチャーハン、そしてサツマイモとカボチャのサラダ。

どれもたっぷり作って、半分ずつ、伊藤家と分けた。伊藤さんご夫婦も凄く喜んでくれたし、二時間ほど前、「美味しかったわ！」というお礼の電話もいただいた。

ここまでは申し分ない話だ。

ただ、僕が唯一ぬかったのは、今が日付が変わろうとする時刻だということだった。

料理に張り切りすぎて、先輩が今夜、医局の送別会で遅くなるのをすっかり忘れていた。

自宅分として残した半分の、そのまた半分。先輩の分だけが、すっかり冷めた状態でテーブルの上に残されている。

だいぶお酒を飲んできたのか、珍しくほんのり赤い顔をした遠峯先輩は、ネクタイを解きながら言った。

「伊藤さんご夫婦には、祖母がえらいことお世話になったみたいやからな。お前が親切にしてくれて助かるわ。ありがとうな」

「いえいえ、あり合わせで作ったんで、大したものはできなかったんですけど、喜んでくれてよかったです。それで……僕はもう食べたんですけど、先輩が遅くなることすっかり忘れてて。豪華料理、食べてきたんですよね？」

僕がそう言うと、先輩はニヤッと笑って曖昧な頷き方をした。

「三宮の『古《こ》もん』ですき焼きやってんけどな」

「すき焼き！　ゴージャスじゃないですか！」

「それはそうやねんけど、俺、サシの入った肉は旨いけど一枚でギブアップやから」

「あー、先輩、お肉の脂身、苦手なんでしたっけ」

「うん。苦手っちゅうか、胸にも腹にももたれるねんな。店の人が焼いてくれるんやけど、わんこそば断るときみたいに肉を拒否するはめになって、笑われたわ」

ああ、と気の毒に思いつつも、鍋を眺めて閉口した顔をしている遠峯先輩の姿を想像して、僕はふふっと笑ってしまった。

一度だけ先輩に連れていってもらったことのある「古もん」は、界隈では老舗らしく、ビルの七階にあるのに、店に入った途端、古民家に来たような独特の店構えに驚かされた記憶が残っている。

確か、店の一角に骨董品《こっとうひん》を展示してあるコーナーがあって、ちょっとした民俗博物館のようだった。

メニューはとてもシンプルで、ほとんどのお客さんは、すき焼きかしゃぶしゃぶを食べていたように思う。

僕たちはそのときしゃぶしゃぶを食べたけれど、物凄く大きな肉のスライスが皿に盛られて出てきた。

それをだし汁でしゃぶしゃぶして、色が変わったところでサッと引き上げ、盛大にごまだれを絡めて口に入れたときのあのあまりに豊かな味を思い出すと……。

ごくり。

思わず生唾を飲み込んだ僕を見て、今度は先輩が笑う番だった。

「また今度行こや。今日は土産も何もないからな」

「そんなのはいいですけど、じゃあ、あんまり食べられなかったんですか?」

「いや、肉以外はちゃんと一人前食うたで。そやけど、送別会やから喋るんが忙しかったし、どっちか言うたら飲むほうが忙しかったな」

そう言ってから、先輩はテーブルの料理に再び視線を向けた。

「旨そや」

「ちょっと食べます?　着替えてくるまでの間に温めますよ」

「そやなあ」

先輩は、ちょっと考えてからこう言った。

「チャーハンとサラダは、明日、弁当に持って行くわ。そやから、グラタンと、スープを貰おか。グラタンも、全部は無理かもしれんけど」

「了解です!　じゃ、早く着替えてきてください。風呂は、もうちょっと酒が抜けてからのほうがいいと思いますし」

「仰せの通りやな」

へへっと笑って、先輩は自室へ向かう。

呂律《ろれつ》は確かだし、足取りもちっとも怪しくないけれど、全体的にいつもより少しだけ動作が緩慢なのが、いかにもしっかり者の先輩らしい酔い方だ。

「さてと、じゃ、お夜食の用意をして、残りは弁当箱にもう詰めちゃおうかな」

いくらゆっくりモードといっても、部屋着に着替えて降りて来るだけなら、さほど時間はかからないだろう。

まずはスープとグラタンを温めるべく、僕は食器をすぐ背後の調理台へと運んだ。


「ほな、いただきます！」

「召し上がれ！」

楽そうなスエットの上下に着替えてきた先輩は、いつもどおりに礼儀正しく挨拶をして、まずはスプーンを取り上げた。

やっぱり微妙に動作がゆっくりだし、よく見たら、顔がうっすら赤いだけでなく、表情もいつもみたいに引き締まっていなくて、どこかほわんとしている。

何だか、ちょっと可愛いかもしれない。高校時代の僕には、将来、酔っ払った先輩の顔を見るなんて、想像もできなかった。

なんだか楽しくなりつつ、僕は味の感想を訊ねてみた。

「どうですか？」

まずはスープをひとさじ、ふたさじゆっくり味わった先輩は、軽く首を傾げた。

「カボチャ……と？」

「人参のポタージュです」

「ああ、そやそや、人参の味や、これ。カボチャ、量が足りんかったんか？」

「いえ、そういうわけじゃなく……このカボチャ、ハロウィンのあのオレンジ色の奴なんで、ちょっと水分が多いんですよ」

「……ほう？」

「だから、けっこう柔らかくて煮崩れしやすくて、そのままだとちょっと物足りない味になるんで、人参の甘味を足してみました。あと、ジャガイモで濃度もつけて」

「なるほどなあ。色もオレンジが強うなって綺麗や。さっぱりして飲みやすいポタージュやな。人参の癖が強う出ん程度の使い方がええわ」

酔っ払っていても、先輩の味の表現は的確だ。ブログの記載にいただき！　と心にメモしながら、僕は先を促した。

「で？　グラタンはどうです？　僕的には、それが今日のメインなんですけど」

「急かすなや。今からいただく」

先輩は苦笑いで、スプーンをフォークに持ち替えた。そして、グラタン皿の縁にくっついたカリカリした部分を含めて小さな一口分を掬《すく》い取り、注意深く吹き冷ましてから口に入れた。

「うん！　熱いな」

僕はちょっとガックリきて頬杖から顎を滑らせる。

「そりゃ、温め直しましたからね！」

「いや、えらい見事に焼きたてみたいになっとるな。オーブンか？　いや、それにしては短時間で中まで温まりすぎやろ」

「ふふー」

先輩の疑問を理解した僕は、彼と差し向かいで座ったまま、両手を腰に当て、胸を張ってみせた。

「まずは電子レンジ、そこから流れるように、あらかじめ温めておいたオーブントースターに放り込むんです。電子レンジだけだと、表面がなんかしっとりしんなりしちゃって嫌なんで。オーブントースターで軽く焼くと、ちょっといい感じでしょ？」

先輩は、感心した様子で小さく幾度も頷いてくれた。

「えらい細かい気遣いをしてくれとうねんな。ほんで、旨いわ。これも、カボチャを中に入れんかったんも、さっきの水分量の問題か？」

「そうそう、溶けちゃうからですね。バターでソテーして水分を飛ばすと、甘味が出てねっとり美味しくなりますし」

「ほんまやな。うん、スープもグラタンも旨いわ。こら、伊藤さんも喜ぶはずや。明日の弁当も楽しみやな。グラタン言うたらこってりしてるイメージがあるから、半分は弁当にしようと思うたけど、あっさりしとるから全部食うてしまえそうや」

先輩はそんな風に、とてもシンプルにド直球に褒めてくれた。

「ああ、小麦粉もバターも少なめだからとろみが強くないし、牛乳も、うちには低脂肪乳しかないんで、嫌でもあっさりしますね」

「家ならでは、やな。店の濃厚なグラタンも旨いけど、こういうさっぱりしたグラタンは、家庭の味や。すき焼きの後でも楽々食える」

「よかった！」

こういうときに、気を遣ってお世辞を言ったり嘘をついたりしないのが先輩のいいところなので、僕はほっとして、ノートパソコンの上に置いてあったチェック途中のカタログに手を伸ばした。

ひとりで食べるより僕が向かいに座っていたほうが寂しくなくていいのではと思う一方で、食べているところをずっとジロジロ見られるのも、僕ならちょっと嫌だ。

その点、カタログなら、さほど意識を集中する必要はないし、パラパラ眺めながら話し相手も同時にできてピッタリだと思ったのだ。

先輩は、美味しそうにグラタンをつつきながら、好奇心をそそられたらしく、僕のほうに首を伸ばした。

「デパートのお歳暮カタログか？」

僕は頷いた。

「先輩宛に来てた奴ですよ。先輩、封筒を開けもせずに『雑誌ゴミの日に捨てるわ』って言ってたけど、僕にとってはお役立ちなんで、見せてもらってます」

それを聞いて、先輩は怪訝《けげん》そうな顔をした。

「お役立ちて、ああそうか、編集部にお歳暮でも手配するんか？」

「や、それは特に」

「ほな、何を見とうんや？」

「おせち」

「は？」

フォークを持ったまま目を丸くする先輩に、僕はおせちのページを見せて説明した。

「百貨店のおせち料理をね、早めに注文すると送料サービスになるんですよ」

「へえ。もうおせちの予約か。気ぃ早いな」

「ねえ、ついこないだまで暑い暑いって言ってたのに」

「ほんまやで。っちゅうか、なんでおせち？　買うんか？　あっ、まさかお前、正月、実家に帰らんつもりと違うやろな。せっかくご両親とまた仲良う話ができるようになったんやろが」

先輩が急に心配そうな顔でフォークを置いたので、僕は慌ててその懸念を打ち消した。

「あ、いや、帰ります。帰るから、ですよ」

「あ?」

「僕、先輩と違って気の利いた手土産とか思いつかないですし、せめて、正月に食べるおせちは僕の奢《おご》りってことにしたらいいかなって」

僕の説明に、先輩はたちまち安堵の表情になる。

なんだか、凄く気にかけてもらってるんだなと実感して、顔が勝手にニコニコしてしまうのがわかる。

「おせちを振る舞いに、か。そらええ考えかもしれんな」

「先輩の実家は、おせち料理は……ああ、そうか。札幌だから、おせちに限らず美味しいものがいっぱいありそうですよね」

「こっちにおるときは、決まった店で買うてたみたいやけど、あっちではまだ模索中みたいやな。まあ、わざわざ元旦を待つのもアレやからて、大晦日《おおみそか》の夜からおせちに手ぇつけてしまうしな。北海道の人は、わりとそうらしいで」

「へええ。まあ、そのほうが合理的ですよね。朝っぱらからご馳走を出されてもそうそう食べられないし、大晦日の夜に出てくるほうが幸せかも」

「朝は雑煮で十分や。あと、北海道では、正月になんや妙な菓子が出てくる」

突然もたらされたワクワク情報に、今度は僕が前のめりになるほうだ。

「妙なお菓子？」

「口取り菓子て言うらしいわ」

「聞いたことないな。どんなのです？」

先輩は、正確に表現しようと言葉を探しながら、やっぱりいつもよりゆっくりした仕草で両手を軽く広げた。

「なんや、鯛《たい》とか海老《えび》とか鶴とか亀とか松竹梅とかサクランボとか色々とこうカラフルな意匠の……あれ、何やろな。和菓子？」

「疑問形で言われても、僕は知らないですけど。先輩は食べたんでしょ？」

「食うたけど、ひたすら甘うてねちっとしとった」

盛んに首を捻る先輩に、僕は「ひたすら甘くてねちっとした」和菓子を想像しながら候補を挙げてみた。

「羊羹《ようかん》？」

「羊羹も、確かにラインナップに入っとった。そやけど、他の菓子はそこまで硬うないねん。ほんで、中を割ってみたら、あんこが入っとう」

「んー、それでカラフルってことは、練り切りかな」

正解だったらしく、先輩はポンと手を打った。

「あ、それや。たぶんそれや。とにかく歯が溶けるん違うかと思うくらい甘い。いかにも、昔ながらの晴れの日の菓子っちゅう味やで」

「へぇえ……」

「何やったら、土産に持って帰ったろか?」

「あ、いや、遠慮しときます」

「不味《まず》うはないで、決して」

「いやでも、僕、凄い甘党ってわけじゃないんで。あ、でも、ブログのネタにはなるかな」

「なるやろ。売ってたら、一パックだけ買うてきたるわ」

先輩は鷹揚に請け合ってくれた。僕はそれをありがたく思いつつも、カタログを広げて先輩のほうに向けた。

「ありがとうございます! だけど、今はそれよりおせちですよ」

先輩は、再びフォークを持って食事を再開しながら、目をちょっと細くしてカタログを眺める。

「おう。ようけあんな。どれにするねん?」

「それが、見当もつかなくて。三~四人前のおせちを検索してみたんですけど、もう値段も内容もピンキリすぎて、クラクラします」

「へえ。俺も、親が買うおせちを食うばっかしで、いつも食うてんのがなんぼくらいのもんか、そう言うたら知らんな」

「でしょー？　まあ勿論、十万円オーバーなんて奴は買えないんで初手から除外ですけどね」

「確かになあ。和洋中色々あるみたいやし……やっぱし和か？」

「どうだろ。でも、洋もすっごく美味しそうですよ。ローストビーフとか、スモークサーモンとか」

「テリーヌ、ソーセージ、ハム……おおむね塩と肉やな。酒が進みそうや」

「ねえ。目先が変わって、うちの父親とか喜ぶかもしれない。つか、そうか。サプライズにしようかと思ったんですけど、どう考えても黙ってたらうちの親、普通におせち買っちゃいますよね」

　先輩は軽く呆れた様子で頷く。

「そらそやろ。サプライズは無茶《むちゃ》やで」

「素直に母親と相談したほうがいいかな」

「それがええやろな。毎年なんぼくらいの買うてるか、正直に訊いたらええやないか」

「ですね。すっごい値段の奴じゃなければ、先輩んちに置いてもらってるおかげで買う余裕がありますし！」

「俺のおかげやのうて、お前の仕事が軌道に乗ったからやろ」

「でも、ここに置いてもらわなきゃ、そもそも書けるようにならなかったと思いますもん。

やっぱ、先輩と芦屋のおかげですよ」

「俺二割、芦屋八割……ああいや、俺三割やな。そのくらいの手柄はある気ぃしてきた」

真剣に感謝の気持ちを表現しようとする僕を、先輩はさらっととぼけてかわしてしまう。

そういう照れ屋なところも高校時代から少しも変わっていなくて、なんだか闇雲に嬉しい気持ちがもりもりとわき上がってくる。

「三割と言わず四割、いや半々で！　あと、人が食べるのを見てたらちょっと腹が減ってきたんで、僕もスープを飲もうと思いますけど」

そう言いながら立ち上がると、先輩は、さっきまでのゆっくりモードはどこへやら、

「お代わり」とも言わず、神速でスープボウルを突き出してくる。

「はーい。替えスープ、入りまーす」

こういうとき、ダイニングとキッチンがほぼ合体した状態のこの部屋はとても便利だ。

僕はスープボウルを受け取り、きっかり四歩でたどりついたコンロのガスを点火して、鍋に残ったスープを温めにかかった……。

十二月

かつて祖父母が暮らした一軒家を受け継いだとき、すぐさま痛感したのは、管理と維持の大変さだった。

ずっとマンション暮らしだった俺にとって、子供時代、この家の庭は狭くても自由に駆け回ることができて、歓声を上げても叱られず、虫や土や植物に存分に触れることができる、まさに自由と楽しさと興奮に満ちた空間だった。

しかし、大人になって、いざこの場所を我が所有物としてみると、建物だけでなく、庭を庭の状態に保っておくのが、いかに難しいことか。

木々はどんどん枝を伸ばすし、そうかと思えば虫にやられて突然枯れるし、雑草は無限に生えてくるし、毛虫やアブラムシが大発生したりもする。

孤軍奮闘していたのはほんの数ヶ月で、あっという間に挫《くじ》けて荒れ放題の庭から目を背けていたところに白石が住み着き、まるで童話に出てくる妖怪、もとい善き妖精のように、庭にどんどん手を入れてくれた。

さすがに剪定《せんてい》は業者を頼んだが、それ以外の雑草引きや花と野菜の植え付けをこつこつ

進めてくれて、いつの間にか我が家の庭は息を吹き返していた。

雑草の種だらけにならずに庭を歩き回れるし、あちこちで花は咲いているし、夏から秋にかけて、少しずつではあるが色々な野菜まで収穫できるようになり、白石のグリーンフィンガーぶりには舌を巻くばかりだ。

小説家の仕事は自宅でできるし、あまり積極的に出歩くほうではない白石なので、庭仕事がいい運動や息抜きになるらしい。

とはいえ！　とはいえ、だ。

この家の主として、高校時代の奴の先輩として、たとえ白石の言葉が百パーセント心からのものだとしても、じゃあよろしく、と任せっきりにしていいはずがない。

というわけで、再びのやる気を奮い起こした俺は、この週末をまるっと利用して、玄関前の植え込みの手入れをしている。

まずはカチカチになった土を解して地中に広がる雑草の根を丁寧に除き、そこに土壌改善にいいというバーク堆肥と白い粒の肥料をパラパラと混ぜ込んでいく。

肥料は、白石いわく何ヶ月もジワジワと効果を発揮する優れものだが、調子に乗って使いすぎては逆効果になるらしい。

なるほど、人間同様、植物も、「過ぎたるは及ばざるがごとし」というわけだ。

そこに、ホームセンターで買ってきた、もはや投げ売り状態だったビオラの苗を、適当に間隔を空けて仮置きしてから、順番に植えていく。

インターネットで調べてみたら、十二月の植え付けは「できないことはない」くらいのギリギリのタイミングだった。

まあ、この辺りはそこそこ温暖だし、初雪も今年はまだだ。

小さな苗たちには、どうにか頑張って貰いたい。上手くいけば、春には色とりどりのビオラが、植え込みの前面に咲き乱れるだろう。

その後ろには、インターネットの園芸ショップで一目惚《ひとめぼ》れしたエキウムブルーベッダーを、そしていちばん後ろに、花丈の高いバーバスカムを順番に植えた。

エキウムブルーベッダーは、その名のとおり、青から紫色の小さな花がたくさん咲くようだ。葉が恐ろしくザラザラトゲトゲしていて、素手で苗を触っていたら軽くかぶれかけたので、慌てて軍手をはめた。

バーバスカムは、何色の花か、咲いてみないとわからないというなかなかギャンブル要素の高い苗を敢えて買ってみた。

期待していたのと違う色合いの花が咲いても、それはご愛敬《あいきょう》というものだ。

さっき、執筆の息抜きがてら様子を見に来た白石に苗の説明をしたら、特にバーバスカムの花色のことを面白がっていた。

エキウムとバーバスカムは、これから寒くなるとほぼ休眠状態に入り、その間にしっかりと根を張るのだそうだ。そして、春からスタートダッシュをかけ、晩春から初夏に花を咲かせるらしい。なるほど合理的だ。

それまでは、ビオラがぽつぽつと小さな花を咲かせるのを楽しむのみということになる。

まあ、冬の庭がいささか寂しいのは、どこも同じだ。仕方があるまい。

それにしても。

ざくざくと土を掘っては、樹脂製のポットから注意深く苗を取り出し、ほんの少しだけ根をほぐして植え付ける作業を続けていると、心が無とまではいかなくても、あまり何も考えていないニュートラルな状態になってくるのがわかる。

なるほど、白石が「いい気分転換になる」と言う理由がわかった気がする。

この感じ、悪くない。

心がほぼ凪《な》いだ状態で、脳に入力されるのは、土の手触りや匂い、苗の重み。ビオラの花の色……どれも優しいものばかりだ。

「もうちょい、こういう時間を日頃から持たなあかんな」

そんなことを思いつつ苗を植え続けていると、少しずつ辺りが暗くなってきた。

天気が崩れるのかと思ったが、これはどう考えても日暮れだ。

昼過ぎにホームセンターに行くところから作業を始め、すべてのことをゆっくりのんびり進めていたとはいえ、あまりに日没が早いのではなかろうか。

いつもは病院の中にいるため、何時に日が暮れようとあまり気にしていないせいで、こういうときにいきなり驚くのが我ながら滑稽ではある。

「はよやってしまわな」

俺はのんびり気分をあっさり投げ捨て、残り五鉢を大急ぎで植え付けにかかった。

作業を終え、庭仕事の道具を片付けて家に入ると、何故かちょっと慌てた様子で玄関に飛び出してきた白石が、浴室のほうを指さして、「はい、そのまま風呂へ直行してください！」ときっぱり言った。

珍しく、反論は一切許さないという謎の気迫が満ちた態度だったし、なるほど、さほど泥だらけになった覚えはないが、それでも土いじりをした後だ、服や身体にそれなりに土くれがついているだろう。

いつも家の中を綺麗に保ってくれている白石が、即入浴を指示するのは道理である。

ゆえに、特に反論もせず「了解」と浴室に直行し、熱い湯で少々くたびれた身体を労《ねぎら》った俺は、スエットの上下に着替え、すっかりリラックスしてダイニングへ行き……そして、「うわっ！」と十代の頃でもなかなか出さなかった驚きの声を上げてしまった。

テーブルの上には、クリスマスでもないのに何故かガラス製の綺麗なキャンドルホルダーが置かれ、中ではティーキャンドルの炎がユラユラしている。

ランチョンマットの上には、白い大皿とカトラリー、それにワイングラスがセットされ、何やらちょっとしたレストランの趣だ。

それ以上に俺を驚かせたのは、テーブルのど真ん中に置かれた楕円形の大皿だった。

その上でほかほかと盛大に湯気を立てているのは……山盛りのパスタだ。

しかも、ただのパスタではない。

大きなミートソースがゴロゴロ入った、トマトソースを絡めたちょっと太めのスパゲティである。

「こ、これ！」

思わずパスタを指さして、我ながら上擦った声を上げた俺に、キッチンから大きなサラダボウルを持ってきた白石は、嬉しそうに声を立てて笑った。

「先輩が滅茶苦茶テンション上がってる。よかった、作って。それを完成前に見られたくなくて、直で風呂場に行ってもらったんですよ」

「いや、これ……あっ」

白石の笑顔に、俺はハッと思い出した。

「今日、十二月八日か」

白石はやっぱり笑って頷いた。

「そうですよ。先輩の誕生日」

「ああ……昨日までは覚えてたんけどな。なんや今朝、起きた瞬間にスポーンと頭から抜けたらしい」

「そうみたいですね。けど、これは覚えてるでしょ？　こないだ、『誕生日は、「カリオストロの城」でルパンが食ってたみたいなパスタがええな』って言ってたの」

「覚えとる。積年の夢やってん。母親に何度もせがんだんやけど、『そんなんようせんわ』言うて拒否られっぱなしでな」

「やってみたら、けっこう家庭向きなんですけどね。さ、すぐ食べましょ」

「おう」

　俺は大急ぎで、冷蔵庫から白ワインのボトルを出してきた。今どきの、気軽に開け閉めできるスクリューキャップがありがたい。

　俺たちはいつものように差し向かいで座り、いつもより少しだけ改まった気分で乾杯した。

「先輩、今年もお誕生日おめでとうございます！」

「おう、ありがとうさん。これは、俺の誕生日史上最高のご馳走やな！」

「マジですか。まさか、そこまで喜んでもらえるとは思わなかったな。作ってみたのは初めてですけど、意外と簡単なんですよ、これ。いつでも作れます」

「いつでも作らんでええ。ありがたみが薄れる」

「そこまでか！」

ゲラゲラ笑いながら立ち上がった白石は、トングを使って、パスタを俺の皿にたっぷり盛り分けてくれた。次いで、自分の皿にも。

「映画の中では、ルパンと次元《じげん》が奪い合ってましたね、これ」

「せやな」

白石の脳内で再現されているのと同じコミカルなシーンを思い出し、俺は思わず子供時代のような満面の笑みになってしまった。

「さすがに、あの奪い合いをここで再現するわけには……」

「いかないですね。やってもいいけど、トマトソースで血だらけマンみたいになっちゃう」

「あない上手いこと巻き取るテクニックもないしな」

「ないですね。素直にいただきましょう。というか、主役がまずは召し上がれ！」

「ほな、ありがたく」

俺は白石に軽く一礼すると、フォークとスプーンを取り上げた。

よく、「本場イタリアでは、スパゲティはフォーク一本で食べる」と言う奴がいるが、知るものか。

スプーンで大きなミートボールをいくつかに分割し、フォークにスパゲティを巻き付けるとき、ミートボールのかけらも一緒にまとめ上げる。その際にも、スプーンは大活躍だ。

いささか大きすぎる一口を頬張ると、ますます笑みが深くなるのがわかった。

白石は、自分の皿には手をつけず、目をキラキラさせつつリアクションを待っている。

「旨い」

とりあえずの一言を咀嚼《そしやく》の間に捻り出すと、白石はガクッと大袈裟に肩を落としてみせた。

「それだけ⁉」

「ほんまに旨いもん食うたときは、まずはそれだけやろ」

「そりゃそうですけどね」

「想像したとおりの味や。肉と、トマトと、タマネギと……」

「バジルと刻みたおしたしめじと、あと、ガーリックオイルをほんの一滴」

「なるほど。ミートボールは豚肉か？」

「合挽です。柔らかく仕上げたかったからパン粉で繋いで、あと、煮込む前にフライパンで表面をがっつり焼きました。香ばしくもしたかったんで」

「見た目のシンプルさと裏腹に、そういうとこが凝ってるんやな」

「凝ってるってほどじゃないですけどね。あ、ホントだ。旨い。……あっ、僕もその表現で終わっちゃった」

一口食べた白石は、そう言って笑いながら、パルメザンチーズが入った緑色の筒を差し出してきた。

「よかったらどうぞ」

「俺はもうちょっと食うてからにするわ」

「じゃ、お先に」

まるで喫茶店のナポリタンにそうするように、自作のパスタに山盛りのチーズをかけてから、白石は「そうだ」と、隣の椅子から小さな包みを出し、テーブル越しに俺に両手で差し出してきた。

「これ、ささやかながらプレゼントです」

「ご馳走を作ってくれただけで、十分やで？」

「勿論、メインはこのパスタですけど、これはおまけみたいなもんです」

「……ほな、再度、ありがたく」

俺もカトラリーを置いて両手で包みを受け取った。勿論、そのままテーブルに置くようなことはせず、すぐに包装紙を解いてみる。

出てきたのは、レザーの上品な名刺入れだった。

「おっ。ええな、これ」

「こないだ、ずっと使ってた奴が傷んできたって言ってたでしょ。だから、頑張って選んでみました！」

「ありがとう。そやけどなんや、恥ずかしいな。そんなつもりはなかったのに、誕生日前から色々催促しとったみたいで」

本当に気恥ずかしくなってきてそう言うと、白石は薄い胸を片手でパンと叩いてみせた。

「何言ってんですか、先輩はいつもどおりだったのに、僕がアンテナを張りまくってた成果ですよ。恥ずかしがってる暇があったら、僕を讃《たた》えるべきです」

「お……おう、さすが白石！」

「そう、さすが僕！　今年の先輩の誕生日は、まず僕が大満足です。あ、そうだ。あとでケーキもありますから、お腹、空けといてくださいね」

白石は、背後の冷蔵庫を指さしてそんなことを言う。

なんともありがたく、そしてやっぱり気恥ずかしく思いつつ、俺は「パスタを存分に食いたいから自信ないけど、努力するわ」と、正直に答えた。


その夜。

「せんぱーい、晩飯できてますよー」

白石に階下から呼ばれた気がして、「おう、すぐ行く」と返事をした……その自分の声で、ぽかりと目が開いた。

暗い。

「……ばん、めし？」

咄嗟に状況が飲み込めず、俺は暗がりの中で、パチパチと瞬きを繰り返す。

もしかしなくても、俺は暖かな布団の中にいる。

顎をふわふわと撫でるのは、去年の冬に導入して以来、すっかり手放せなくなってしまったニトリのNウォーム毛布だ。

一瞬、晩飯前にうたた寝をしてしまったのかと思ったが、そんなはずはない。

晩飯は、白石が盛大に祝ってくれた、俺の誕生日の「カリオストロの城」パスタだったではないか。

積年の夢を叶《かな》えて貰ったのだ。忘れるはずがない。

たらふくパスタを食って、バースデーケーキまで一切れどうにか平らげて……。

（そうや、腹いっぱいで、部屋に戻るなりバッタリ寝てしもたんや。今……何時やろ）

ようやく頭がハッキリしてきた俺は、枕元の目覚まし時計に目をやった。

午前二時三分。

紛《まご》う方《かた》なき深夜だ。

いくら夜行性の白石はまだ執筆中であろうとはいえ、さすがに「二度目の晩飯」に俺を呼ぶことは絶対にない。

「なんや、夢か。夢に返事してしもたんか、俺」

ガックリきて、俺は枕に深々と頭を沈めた。

起床すべき時刻まではまだずいぶん時間がある。迷わず寝直そうと目を閉じかけた俺は、「いや待て」とベッドに身を起こした。

妙に、いい匂いがする。

料理の名前は咄嗟に浮かばないが、間違いなく、肉と野菜が煮えている匂いだ。

午前二時過ぎに、肉と野菜が。

「くそ、この匂いのせいや、あんな声が聞こえたんは」

おそらく眠りが浅くなったタイミングで、俺の鼻がこの匂いを捉え、夢とうつつの狭間《はざま》であんな幻聴を聞かせたに違いない。

しかも、この匂いを発生させているのは、さっき夢の中で俺を呼んだ白石だ。

まったく。

あまりにもいい匂いすぎて、眠気がすっかり薄らいでしまった。

こうなったら、匂いの正体を確かめずにはいられない。

俺はベッドから出てスリッパに足を突っ込み、ガウン代わりのジャージに袖を通して、大あくびをしながら寝室を出た。

はたして白石はキッチンで調理中……と思いきや、意外や意外、ダイニングテーブルに置いたノートパソコンに向かい、カタカタと快調に執筆中だった。

俺に気付いた白石は、不思議そうな顔で手を止めた。

「あれっ、先輩？　寝てなかったんですか？」

「寝とった」

簡潔に返事をしつつ、俺はリビングを突っ切ってダイニングへと向かう。

「寝てたって……じゃあ、変な夢でも見たとか？」

「変な夢っちゅうか、お前に起こされた」

敢えて正直にそう言うと、白石は軽くのけぞり、子犬を思わせるつぶらな目をパチパチさせた。

「僕、起こしてませんよ」

「正確に言うと、俺の夢に出張してきたお前に起こされた」

「そこまでは責任取れないなあ」

「……晩飯がでけたて、お前に呼ばれたんや」

「晩飯って。さっき食べたの忘れちゃったんですか、お爺《じい》ちゃん。……あ」

苦笑いで僕をからかった白石は、ハッと背後を振り返った。それから、ゆっくりと俺のほうに向き直る。

「もしかして、この匂いが？　換気扇、回してるのになあ」

「そやからや。ここで換気扇回すとな、どういう理屈か知らんけど、吸い込まれた空気が外だけやのうて、なんでか二階の廊下にも放出されるねん。それが、寝室に忍び込んできたんやろ」

「ええええ？　それ、換気扇の役目を果たせてないじゃないですか」

「まあ、古い家あるあるや」

「マジですか〜！」

また笑顔に戻った白石は、椅子を軽く引き、背後のキッチンを見やった。

「参ったな。実はこれ、まだ試作中なんですよ」

「何のや？」

「プルドポーク」

「ポーク？　豚の何やて？」

「えっと……豚肉を引っ張る……ってか、こう、フォークで繊維を裂くみたいな感じですよ。早い話が、そのくらい柔らかく煮てほぐした豚肉のことです」

その説明を聞いていて、俺はようやくピンと来た。

「ああ、学会の帰り、品川《しながわ》駅のカフェで見かけてテイクアウトしたことがあるな。なんやグシャグシャの豚肉が、えらい濃い味のソースにまみれとった」

「そう、それそれ」

「ハンバーガーみたいにバンズに挟まっとったけど、何しか汁気たっぷりのグシャグシャやから、旨いけどボタボタ零《こぼ》れて難儀したな。少なくとも、新幹線の中で、スーツ着て食うもんやなかった」

　両手を振るふりをしてそう言うと、白石はいっそう可笑しそうに笑って立ち上がった。

「手も口もベッタベタになりそう。……実は、誕生日ディナー、先輩が好きな酢豚にしようかと思ってたんですけど、いいリクエストをもらったんで、そっちにしたでしょ。だから、豚の肩ロースが浮いちゃって。せっかくだから、それを使ってプルドポークを試作してみようと思ったんです」

　そんな説明をしながら、白石は鋳物のオレンジ色の大きな鍋の蓋をヒョイと取った。

「おい、素手で熱うないんか」

「大丈夫ですよ、この摘《つ》まみは熱くならないんです。ほら、いい具合に煮えてますよ」

「おっ」

　白石の隣に立って鍋の中を覗き込むと、なるほど、ほわっと立ち上る湯気は、寝室で嗅いだあの匂いだ。

　鍋の中で煮えていたのは、まさに、肉と野菜だった。

　どうやら鍋の底に野菜……タマネギと人参とセロリを敷き、その上に厚く切った豚の肩ロース肉を置いて、少量の湯で蒸し煮にするというシンプルな調理法であるらしい。

「これで、どのくらい煮たんや?」

「そうだなあ。二時間くらいですかね。ほったらかしにしてたんですけど、鋳物鍋は蓋が重いから、水があんまり減らないです。もう少し水分を飛ばそう」

蓋を開けたまま火を強め、煮汁を煮詰めつつ、白石はフォークを二本出してきて、鍋の中で肉と野菜を共にざくざくと引き裂き始めた。まさに「プルド」だ。

しかし、俺はふと疑問を抱いて、白石に質問してみた。

「旨そうな匂いと見てくれやけど、俺が知っとうプルドポークとだいぶ違うで。俺が食うたんは、濃いぃ色のソースをがっつり絡めてあったし、野菜は……」

「そうなんですよね」

白石は、おっとりと手を動かしながら同意した。

「あれはあれでスパイシーでこってりしてて美味しいですけど、僕的にはもっとシンプルで、もっと優しい味に仕上げたくて。だからまず、豚の肩ロース肉から、極力脂身を除きました」

スーパーで見かけた豚肩ロース肉の形状を思い出しつつ、俺は思わず眉をひそめてしまった。

「あれ、けっこう脂が入り組んでへんかったか?」

「そうそう。だからちょっと面倒でしたけど、塊肉を二センチくらいの厚みに切って、そこからペティナイフで脂身をちょいちょいと切り取って……」

「面倒くさいな。ああ、もしかして、俺が肉の脂身が苦手やからか？」

「それもあるんですけど、やっぱり、冷えたときに脂がたくさん浮くような状態だと、僕のほうも使いにくいので」

「なるほどな」

感心する俺をよそに、白石は細い引き出しを開け、スパイスの容器を取り出して見せてくれる。

「肉の下味は、塩胡椒とほんの少しのチリパウダーをまぶして一時間ほど馴染ませただけです。あと、煮込むときにローリエがあったんで、二枚ほど放り込みました」

「あっさりしたスープみたいな味付けやな」

白石は、楽しげに肉を裂く作業を再開しながら頷く。

「ですね。水分が少ないので、スープじゃなく蒸し煮ですけど。ほら、見てください。トロトロに煮えた野菜も肉と一緒にほぐして混ぜちゃうと、凄く美味しそうです」

「ほんまやな」

肉と野菜を柔らかく煮てほぐして混ぜる、というのは日本的な美意識にはそぐわないかもしれない。しかし、目の前にしてみると、実に旨そうである。

思わず、俺の喉がゴクリと鳴った。

そんな俺をよそに、白石はごく少量の肉と野菜をフォークに引っかけて、数回吹いてから口に入れた。

噛むことはさほど必要ないので、じっくり口の中で味わって飲み下し、白石は満足げに頷いた。

「うん、想像どおりの旨さ。先輩、せっかくだから熱々のうちに一緒に試食します？」

たまらなく魅力的な申し出だったが、俺は一瞬、逡巡《しゅんじゅん》した。

何しろ、夕食にご馳走を作ってもらい、たらふく食べた後だ。カロリー的にはオーバーどころの騒ぎではない。

一方で、ドカ飯を食べた後ほど、妙に小腹が減るものだ。

おそらく、全力で消化と吸収にあたった消化器系が、勢い余って「まだやれる！」と主張しているのだろう。

まさにそんな状態の俺の胃腸は、「もっと何か寄越《よこ》せ」と静かに、しかししつこく訴えかけてくる。

そんな要求を聞きつけたかのように、白石はこう言った。

「もう日付は変わっちゃったけど、夜が明けるまで誕生日カウントでいいじゃないですか。誕生日は、羽目を外すもんでしょ？　ただ、試食なんで、二人で食パン一枚を半分こするくらい。それでどうです？」

「食パン半枚か。そのくらいやったら、まあ」

「許される？」

「許されたい分量やな。そこそこ薄い食パン半分やったら。オープンサンドにするんか？」

俺が訊ねると、白石はちょっと考えてから、上の戸棚を開けた。

「それでもいいけど食べにくそうなんで、こっちで」

そう言って取り出したのは、先日通販で手に入れたばかりの、食パン一枚を折り曲げることで、細長く小さなホットサンドイッチを作ることができる金属製の器具だ。

「なるほど、ホットサンドか。それやったら、半分にもしやすいな」

「でしょ。パンは、ちょうど関東で言うところの八枚切りくらいの厚みに切った奴があるんで、それを使いましょう」

白石は次に冷蔵庫からパンの包みを取り出し、一枚抜き取って俺に差し出した。

「先輩、メーカーとパンの支度をお願いします」

「よっしゃ」

受け取ってみると、確かに、やけに薄いスライスだ。

関西では、薄いといえばだいたい六枚切り、その次はサンドイッチ用の十二枚切りというのが一般的だと思うのだが、関東では八枚切りがポピュラーらしい。

俺はどちらかといえば厚切り派だが、白石は八枚切りを二枚食べるほうが好きだそうだ。

ゆえに我が家では、二斤くらいのサイズの食パンを丸ごと購入し、それぞれの好みの厚みに切り分けることにしている。

「なるほど、ホットサンドを作るときは、八枚切りが便利やな。これ、六枚切りやったらちょっと厚すぎるし、十二枚切りやったら中身の水分が染み出てきそうや」

そう言いながら、俺はホットサンドメーカーをざっと洗って綺麗に拭き上げ、そこに八枚切りの食パンを一枚置いた。内側になる面には、冷蔵庫から出した硬いバターを薄く削るようにして塗りつけておく。

白石はといえば、まるで濃いペーストのようになった肉と野菜に、何かを振りかけている。

「味付けか?」

すると白石は、ちょっと秘密めかして、手に持ったガラスの細長い瓶を俺のほうに向けた。

「先輩が食べたのも、一般的に味付けに使うのも、たぶんバーベキューソースだと思うんですよ。だけど、これのためにわざわざ買うのもめんどくさいんで、今夜はこれを使ってみようかと!」

そう言って俺の鼻先に突きつけられたのは、俺たちがふたりとも気に入っている焼肉のたれ、「銀龍《ぎんりゅう》」だ。

銀があれば、金があるのが世の理だ。

同じメーカーから「金龍《きんりゅう》」も出ているのだが、そちらはニンニク入りなのだ。

自宅仕事の白石はともかく、俺は患者と近い距離で接する商売なので、少なくとも平日は匂いの残る食べ物をなるべく避けるようにしている。

いきおい、我が家の焼肉のたれは、ニンニク不使用なのにこくとパンチと、果物由来の優しい甘さがある「銀龍」ほぼ一択である。

白石は、肉と野菜にほんの少し銀龍を絡めると、俺がバターを塗ったパンの中央部をフォークの背で軽く押さえてスペースを確保し、そこに「プルドポークwith野菜」をまずまずたっぷり詰め込んだ。

そして、大きく開いていたホットサンドメーカーを慎重に閉じ、ストッパーで固定すると、あとはガス火にかけて、両面を二、三分かけて焼けば完成だ。

食パンの表面がきつね色になり、強く押さえられた耳の部分は完璧に接着している。

「レッツ試食ターイム！」

まるでクイズ番組の司会者のようなテンションで高らかに宣言すると、白石は熱々のホットサンドを「あちちち」と悲鳴を上げつつホットサンドメーカーから取り出してまな板に載せ、それをペティナイフで真っ二つに切り分けた。

断面からは、プルドポークがトロリとした姿を見せ、あの煮込み料理特有の豊かな香りが、湯気と共に立ち上る。

「言うまでもなく、めっちゃくちゃ熱いですよ」

「そやろな。ほな、いただきます」

「いただきまーす」

俺はホットサンドがどうにか素手で触れる温度になっていることを確かめてから、切り分けられた半分を手に取った。

熱々のフィリングを忙しく吹き冷まし、ふたりほぼ同時に一口齧る。

「うま!」

「旨いな!」

いつものシンプルな感想が、異口同音に飛び出した。俺たちは、顔を見合わせて思わず噴き出してしまう。

「旨いもんにはシンプルな感想、ですね」

「そういうこっちゃ。いや、そやけどこれは、店で買うたもんより、確かにずっとあっさりしとうな。俺には、こっちのほうが食いやすい」

「焼肉のたれも、いい仕事しますね」

「ほんまやな。不思議と洋風の味や。ローリエとセロリのおかげやろか。野菜も一緒に解したから、こう、何日も煮返したシチューの最終形態みたいな感じやな」

もぐもぐと口を動かしながら感想を補完すると、白石は両手で細長いホットサンドを持ち、リスかハムスターのように齧りながら同意した。

「あー、わかります、それ。作りたてなのに最終形態っぽい。うん、我が家のプルドポークはこれでいいような気がしてきました。どう思います？」

俺は頷き、ホットサンドの耳部分のカリカリした食感を楽しみながら答えた。

「ええと思う。夜明けまでが俺の誕生日っちゅうお前のルールに従うと、我が家のプルドポークと俺は同じ誕生日っちゅうことになるな」

「あはは、ホントだ。十二月八日は、先輩の誕生日で、プルドポーク記念日だ！」

二重にめでたい日になったと、白石はニコニコ嬉しそうにしている。

来年から、プルドポークと共に誕生日を祝われることになるらしい俺は、思いがけない夜食が連れてきてくれた心地よい眠気を味わいつつ、大きな欠伸《あくび》をした……。

一月

一月三日、午後三時過ぎ。

「たっだいま〜」

玄関扉を開けたとき、誰もいないとわかっていても、ついそう言ってしまう。

返事がないのは当たり前なので、別に寂しいとも思わない。強いて言えば、家に挨拶しているようなものだ。

だから逆に……。

「おう、おかえり」

「うわっ！」

聞こえるはずのない声が聞こえたりすると、かえって滅茶苦茶驚く。

思わず声を上げた僕に、リビングから玄関にぬっと出てきた遠峯先輩は、あからさまにムスッとして唇をへの字にした。

「年始早々、なんやねん、『うわっ』て。俺の家に俺がおるんが、そない驚きか？」

「いや、だって、先輩が帰って来るのは今日の夜かなって思ってたもんで」

僕は片手でダウンジャケットの胸元をさすりながら、正直に答えた。

僕は大阪にある自分の実家に、先輩は札幌に移住したご両親のもとに、それぞれ年末から帰省していて、今日、この家で落ち合う予定ではあったのだけれど、時間ははっきり打ち合わせていなかった。

でも札幌は兵庫県からとても遠いから、きっと先輩の帰宅は僕より遅くなると単純かつ勝手に思い込んでいたのだ。

「ああ、それな」

スエットの上下というすっかりいつもの普段着の先輩は、ようやく納得したらしく、上がり気味だった眉尻を下げた。

「天気が荒れそうやっちゅうんで、予定を早めて、昨日の夜に帰っとったんや。どうせ今日会うんやし、お前に知らせる必要もないやろと思うたから、連絡せんかったけど」

僕はポンと手を打った。

「ああそっか、北海道は、雪の心配があるんでしたよね。それに先輩は、絶対に明日から仕事行かなきゃいけないですもんね」

僕がそう言うと、先輩は真顔になって頷いた。

「年末年始に具合悪うした患者が、どうにかこうにか三箇日を我慢して、はよ助けてくれーって駆け込んできようからな。そんな人らが、『遠峯先生はまだお休みですわ』なんて言われたら……」

「絶望しかないな！」

「そやから、意地でも明日は外来におらなあかんねん」

「さすが医者ですね。偉い」

「もっと褒め称《たた》えてええんやで」

自慢げにニヤッと笑ってそう言うと、先輩はリラックスした服装に不似合いなほどピンと背筋を伸ばした。

「それはともかくや。明けましておめでとうございます」

「うわあ、そうでした！」

僕もまだ靴を履いたまま、スーツケースからパッと手を離して気をつけの姿勢になってから、先輩にペコリと頭を下げた。

「明けましておめでとうございます！　今年もよろしくお願いします！」

「こちらこそ。まあ、上がってゆっくりしいや。晩飯、アレでええ、いや、むしろアレがええと思うて、飯だけ炊飯器に仕掛けといたから」

「あざっす！　ですね、是非ともアレで！」

僕も笑顔で頷き、コンバースのバスケットシューズを脱ぎ、勢いよく玄関に上がった。

午後七時過ぎ。

いつもよりちょっと早めに、僕と先輩は夕食のテーブルに着いた。

何しろ、いつもと違って、いわゆる「調理」が必要ないので、早々と食べられてしまうのだ。

先輩と僕がふたりして食べたかった「アレ」とは、古来、「おせちもいいけど」という枕詞《まくらことば》と共にＣＭに登場する……そう、カレーだ。

しかも、ちゃんと鍋で作ったカレーではなく、こういうときは、手軽にレトルトカレーが食べたい。

そんなわけで僕らは、先輩が炊いてくれたご飯に、好みのレトルトカレーをかけて楽しむことにした。

僕は、先輩がお土産に新千歳《しんちとせ》空港で買ってきてくれた「五島軒函館《ごとうけんはこだて》カレー　中辛・ポークカレー」をありがたく鍋に湯を沸かして温めた。

先輩は、古式ゆかしき「ボンカレー　中辛」をカップボードから出してきて、電子レンジに放り込む。

残念ながら、福神漬けやラッキョウは常備していないので、年末からずっと冷蔵庫で留守番していた胡瓜《きゅうり》の醬油漬けとからし高菜を出してきた。おそらく、カレーとの相性は悪くないはずだ。

「では、帰省お疲れっした！」

「お疲れさん」

僕らは缶ビールで乾杯し、一口ぐびりと飲んでから、ほぼ同時にスプーンを取り上げた。

先輩のボンカレーの味は嫌というほど知っているし、僕のカレーも、さすがレストランが開発した商品だけあって、スパイシーというよりは、こっくりとしたリッチな味だ。肉もごろんと大きめで、食べ応えがある。

年末年始、互いに実家で「あらたまったご馳走」ばかり振る舞われていたので、身勝手な話だけれど、今はこういうシンプルでややジャンクな料理がたまらなく旨い。

「やっぱし、正月の締め括りはカレーやな」

「ですね！　五島軒のカレーは初めて食べましたけど、滅茶苦茶美味しいです。僕ですら店の名前を知ってるんで、北海道じゃ有名なレストランなんでしょ？」

「そうみたいやな。俺もいっぺんだけ行ったことあるわ。立派な店構えやで」

先輩がそんなことを言いながら、「立派な店」のシルエットを両手で表現するのがちょっと面白い。ほぼわからないのに、ニュアンスだけは何となく伝わる。

「マジですか！　やっぱりご両親と？」

「いや、函館には親とやのうて、学会で行ってん。先輩が五島軒に連れてってくれてな。『遠慮せんと好きなもん食え』って言いはったから、本気で遠慮なしに、夢のようなセットメニューを奢ってもろた。未《いま》だに覚えとるわ」

「先輩が『夢のような』ってことは、よっぽど美味しかったんですね」

遠峯先輩は、どこか遠い目をして深く頷く。

「旨かったし、セットの内容が神がかっとった」

「っていうと？」

「持て余さん程度のちっこいサラダと、ちゃんとカリッとしたクルトンが浮いとるコーンポタージュ」

「あ、もうその時点で美味しそう」

「本命はこっからや。でっかい皿に、やーらこう煮えたビーフシチューと、俵型のカニクリームコロッケが二つ、それを枕に海老フライが一本」

「ホントに神だ」

「そんだけやないで。プラス、ハーフサイズの欧風カレーに、薬味がよりどりみどり、しかもちょっとしたデザートとコーヒーつきや！」

カレーを食べている最中なのに、そしてご馳走には疲れた気分でいたくせに、正直過ぎる喉が、ついゴクリと鳴った。

「何ですか、それ。完璧じゃないですか！　夢の、大人のお子様ランチだ！」

「そやろ？　お前も絶対気に入るで」

「気に入らない未来がむしろ想像できないですよ。函館、行きましょう！」

思わず勢い込んで誘ってしまった僕に、先輩はちょっと面食らった様子で目をパチパチさせた。

「行きましょうて、俺も行くんかい」

「行きましょうよ。ひとり飯は嫌いじゃないですけど、大人のお子様ランチは、さすがに誰かと食べたいですもん」

「言うたかて、俺でのうてもええやろ」

「だって、どうせなら、食の好みがお互いわかってて、気兼ねのない相手と行くのが楽しいじゃないですか」

僕が思わず力説すると、先輩も「ふむ」と小さく唸《うな》った。

「そらまあ、そうやな。猛烈に食いたいもんを、『そんなもの』とか言われたら、ガッカリやもんな」

「でしょ。五島軒だけじゃなく、北海道美味しいものツアー……」

「は、括りがでかすぎる。北海道、どんだけ広いと思うとんねん」

「あ、そうか。じゃあ、まずは函館界隈で！」

「雑やな！　まあええわ、そのうちな」

「はい、そのうち、絶対！　というか、今年のいつか、行きましょうね」

突然、今年の抱負の一つが決まり、僕は大満足でカレーを頬張った。先輩も、まだいささか戸惑いがちに、それでも「まあ、ええよ」と鷹揚に承諾してくれる。

「楽しみだなあ、洋食に海の幸。あ、先輩んちのお正月もやっぱり北海道だけに、海の幸多めなんですか？」

ふと興味が湧いてそう訊ねると、遠峯先輩は曖昧に頷いた。

「言うてもうちの両親は老後の移住やから、地元の人がどうなんかは知らんけど。まあ、旨いカニやら帆立やら海老やらは出たな」

「うわー、贅沢《ぜいたく》」

「お前んとこかて、今年はお前の奢りのおせちやったんやろ？」

「あっ、そうなんですよ！」

僕は思わずスプーンを持ったまま軽く身を乗り出した。

「実は連絡したときはもう、例年のおせちを手配済みで」

「なんや、ほな……」

「でも、うちの母親が、『ご馳走してくれるんやったら、いつも食べへんような奴がいいわ』って言うから、洋風オードブルおせちっていうのを頼んでみたんです」

するとと先輩は、ちょっと羨ましそうな顔をした。

「ああ、ガキの頃から、カタログで見て、ええなあ、食うてみたいなあって思うとった奴やな。何度親に頼んでも却下されよったけど」

「わかります。僕も親も洋風のおせちは初めてだったんですけど、ハムとかスモークサーモンとかソーセージとかはともかく、キャビアとかテリーヌとかパテとかは食べつけてないから、これどうやって食うねんて家族三人いちいち大騒ぎで」

「店はともかく、家でそんなもん食わへんもんな」

先輩がやけに実感のこもった相づちを打ってくれたので、僕はちょっとおかしくなりつつも頷いた。

「そうなんですよ。キャビアに何を添えればいいとか、いちいち僕にスマホで検索させたりして……。でも、おかげで、お互いまだちょっと構えてた父親とも凄く自然に会話ができて、結果オーライでした」

僕がそう言うと、先輩のシュッとした頬が緩む。

「そらよかったな。お前の最近の仕事のことも、喜んでくれはったか？」

僕は、照れくささをぐっとこらえて頷く。

「はい。キャビアがしょっぱいって話とまぜこぜにして、『新聞に紹介されとんの、会社で自慢したわ』ってさらっと言ってました」

「そらよかった」

「ホント、よかったです。母親もそれ聞いてニコニコしてて、僕もホッとしました。あ、僕のことばっかり。先輩は？　ご実家、どうだったんです？」

　すると先輩は、慣れた仕草で小さく肩を竦めてみせた。

「どうて、なんも」

「なんもって、久しぶりに会ったんだから、何かはあったでしょ」

「なんかって言われてもなあ……。なんか……」

　先輩はもぐもぐとカレーを頬張りながらしばらく考えて、それからこう言った。

「眼科医院を開業せえへんのかとか、結婚せえへんのかとか、色々聞かれまくった挙げ句、わりとお前の話で盛り上がった」

「へっ？　僕？」

　思わず焦る僕に、先輩は笑って片手を振る。

「いや、悪口は言うてへんで。お前の最近の小説、芦屋から神戸界隈が舞台やから、読んだら懐かしいん違うかって、そういう話や。うちの母親が、今度、書店で取り寄せてみるて言うとった」

　何だか恥ずかしくて、顔が熱くなる話だ。思わず両手で顔を扇《あお》ぐと、先輩はますます可笑しそうに笑った。

「別にええやろ、北の大地で布教したかて」

「ありがたいですけど、恥ずかしくもあるんですよ。身内の身内に読まれるって」

「まあ、そらわからんでもないけどな。うちの母親は、何度か電話で話したことがあるのに、まだ白石君の小説を読んだことがなくて悪いことしたわ、今度必ず読んで、感想を電話するから！　て言うとったで」

凄く正直に、僕の喉がヒッと鳴る。

「う、嬉しいですけど。いや、ホントに滅茶苦茶嬉しいんですけど、電話で感想を言われるのはちょっと照れるな……あと、だいぶ怖いな」

「……そこは、『怖ぁない、安心せえ』て言うてやりたいところやけど、まあまあ覚悟して怯《おび》えといたほうがええん違うか。うちの母親、そういうことについては忖度《そんたく》せえへんからな。ガツンと正直なコメントが来るで」

「ひいっ」

「俺がこれまでの人生で何度、母親のコメントに心を折られてきたか……」

僕はたまりかねて、両手を前に突き出した。

「ちょ、プレッシャーかけ過ぎるのはやめてくださいよ。せっかくのカレーの味が消える！」

「ははは、すまんすまん。そやけどまあ、きっとうちの母親の気に入ると思うわ。何となくの印象やけど」

「そうであることを祈りますよ。うう、年始早々、背筋の冷えるありがたい話だなあ」

僕は皿にくっついたカレーをスプーンでこそげて名残惜しく味わいつつ、あの元気いっぱい、かつ早口の遠峯母の話しぶりを思い出していた……。

いつもなら、食後、片付けを済ませた僕は執筆を再開するところだけれど、さすがに三箇日くらいは休みたい。

遠峯先輩も、明日の仕事始めに備えて早く休むのかと思ったら、そういう気分でもないらしく、キッチンで「お前も飲むやろ？」とコーヒーを淹れ始めた。

最近、我が家で「コーヒー」といえば、それはコーヒーを低脂肪牛乳で割って、電子レンジで温めるカフェオレのことだ。

そこで僕らはリビングのソファーでマグカップになみなみのカフェオレを飲みつつ、くつろいでテレビを見ることにした。

毎年、三箇日のテレビ番組なんてだいたい似たようなものだ。

年末から、局をまたいであちこちの番組に出まくるお笑い芸人とミュージシャン。

年始早々、しかつめらしい顔で議論のふりをして、実際は全員が自分の言いたいことを投げ散らかしているだけの討論番組。

前者はまだ飽きるだけだからいいけれど、後者は僕も先輩もイライラするから、始まったら二人して素速くチャンネルを切り替えることにしている。

今夜は、二人共がよく見る長寿警察ドラマの新春スペシャルを見ることにして、長いソファーの端っこにそれぞれ陣取り、クッションを使って心地よく落ちついた。

最初のほうこそ、先輩が殺人事件の被害者の死因に「そら無理あるやろ」とツッコミを入れたり、僕がゲスト俳優に「久しぶりに見たけど、老けないですねえ、あの人」とどうでもいい感想を口にしたりして賑やかに見ていたものの、カフェオレも飲み終わってしまったし、満腹だし、そもそもドラマが、いつもの倍以上も尺があるせいか、やけに間延びしていて、僕は次第に退屈してきた。

と同時に、瞼《まぶた》がどろーんと重くなってきて……。

実家がある大阪から芦屋まで移動するだけで疲れるはずがないのに、猛烈な眠気が襲いかかってきた。

特に、睡魔と激闘を繰り広げてまでドラマを見続けたいわけではない。僕はテレビをあっさり諦めてソファーの肘置きのところにクッションを置き、そこに上半身だけパタリと倒れ込んで目を閉じてしまった。

こういうときの寝落ちというのは、驚くほど心地いいものだ。

おそらく、眠りの質も相当にいいんじゃないだろうか。目覚めもまた、意外なほどスッキリしていて気持ちがいいことが多い。

目を開いたとき、テレビの画面では、馴染みのニュースキャスターが神戸市内で起きた火災のニュースを伝えていた。

どうやら、ドラマはとっくに終わってしまったらしい。

気付けば、僕の肩からお尻まで、海苔でも貼り付けたように膝掛けに覆われている。

言うまでもなく、先輩が寝ている僕に何か掛けてやろうと思ってくれたものの、毛布を取りに行くのは面倒で、「これでええやろ」と、僕たちの間に畳んで置いてあった膝掛けを使ったに違いない。

「ん？」

そういえば先輩の姿は、既にソファーの上にはなかった。

一瞬、もう寝室に引き上げてしまったのかと思ったが、どうやらトイレだったらしい。すぐに戻ってきた先輩は、ソファーの上で胡座《あぐら》をかいている僕を見て、ニヤッとした。

「やっと起きたんか。もう朝までそこで寝るんかと思うとった」

「滅茶苦茶よく寝ましたけど、さすがに朝までは、腰に来るから無理」

「そやろなあ。とはいえ、けっこう寝とったで。もう、十一時過ぎやから」

さすがにビックリした僕は、先輩の顔と壁掛け時計とを交互に見た。

「ホントだ。言われてみれば、あのニュースキャスター、十一時のニュースの人ですもんね。たぶん、九時を待たずに寝落ちしたはずだから……二時間ちょいか。寝たなあ！」

しみじみと感心する僕に、先輩はますます可笑しそうに笑って頷いた。

「よう寝とった。やっとホンマに目ぇ覚めたみたいやな」

「スッキリ目覚めたつもりだったんですけどね。ってか、ドラマはどうなったんだろう」

「あのオッサンの元銀行強盗は実はひとり娘をテロ組織に人質に取られとって、身代金代わりにやむなく銀行を襲撃するんやけど、刑事たちに阻まれて逮捕され」

「あー、よくある」

「でも娘は父親が悪の道に戻ろうとするんを止めたくて、既に自ら命を絶っており」

「うわ、それはしんどいな」

「それを知って怒り狂った父親は、留置所から脱走してテロ組織のアジトに突撃」

「……あああ」

「で、刑事たちの目前で、自分もろともアジトを爆破するっちゅうオチや」

「正月早々、ひっどいオチだな。先輩、ずっと見てたんですか?」

「いや。寝てるお前を見とったら貰い眠気が来て」

「貰い眠気って初めて聞きましたよ」

「あるやろ、貰い眠気。ついうとうとしてしもて、アジトを爆破する音で目ぇ覚めた」

僕は呆れて、起き抜けにしてはまあまあシャープなツッコミを試みる。

「いやいや、それほぼ終盤じゃないですか! じゃ、今教えてくれたあらすじは……」

「あまりのことにネットで検索して把握した」

「なーんだ!」

二人でちょっと笑い合ってから、何故か突っ立ったままの先輩は、ジャージの上からみぞおちあたりをさすった。

「なんや、寝て起きたら変な感じで腹減ったな。このまんま布団で寝直すんが、若干難しい感じのハラへり感や」

「言われてみれば」

どうやら眠っている間に消化器系が頑張って、ひと皿のカレーをいとも容易《たやす》く消化してしまったらしい。

「空っぽですね、腹」

「そんな感じやろ?」

「僕ら、健やかだなあ。なんか食べます?」

そう訊ねながら立ち上がって「うーん」と伸びをしたら、ますます空腹感が増した。

「そうやなあ」

先輩は、ちょっと迷う素振りを見せた。

それはそうだ、寝る直前にものを食べると、思いきり身につくに決まっている。

でも、僕が何か言う前に、先輩はやけにきっぱりとこう言い切った。

「食おう。毒を食らわば皿までや。正月にさんざん飲み食いして、どうせ体重増えとんねん。これが、今年の太りじまいや」

「太りじまいなんて言葉も、初めて聞きましたよ」

「今作った。それはそうと、なんぞ食うもんあるかいな。札幌で色々仕入れたんやけど、持って帰るんが面倒で、根こそぎ送ってもらうように手配してしもたからな」

僕は先輩と同時に、冷蔵庫のほうを振り返って言った。

「うーん、僕もあれこれ持たされようとするの、ほとんど断って帰ってきちゃったんで……あっ、そうだ！」

「おっ？　何ぞあるか？」

「ふふーん」

僕はキッチンへ行って冷蔵庫を開け、取り出したものを水戸黄門の印籠のように先輩のほうに突き出した。

「ひかえーい、控えい！　これにおわすは……」

「おお、新潟加島屋《にいがたかしまや》の『さけ茶漬』やないか！」

先輩も、僕の手の中にある丸っこい瓶のラベルを見るなり、喜びの声を上げる。

母があれこれ出してきた中で、「これは貰うわ」と持ってきたのが、焼き鮭《ざけ》を解してぎっしり瓶に詰めた、「さけ茶漬」だったのだ。

「ごはん、一膳弱くらいはそれぞれにありますから」

「ええな。豪華なお茶漬けや」

先輩も、嬉しそうに同意する。

そうと決まれば、僕たちのチームワークは固く、行動は素速い。

保温を切っていたため、もうだいぶ冷えてしまったごはんを僕が電子レンジで温める間に、先輩は電気ケトルでお湯を沸かしておいてくれた。

あとは、茶碗《ちゃわん》に熱々になったごはんをこんもり盛り付け、そこにまずは炒《い》った金胡麻をパラリ、その上に「さけ茶漬け」を菜箸で解しながらたっぷり載せて、仕上げに味付け海苔を揉んでパラパラと散らし、最後に熱い大福茶をたっぷり掛け回す。

すべての具材の香りが渾然一体《こんぜんいったい》となった湯気が茶碗から立ち上り、ダイニングテーブルに再び着いた僕も先輩も、まずは犬のように茶碗の上に鼻を突き出してしまう。

「ああ、ええ匂いや」

「匂いだけでもだいぶ満たされますね」

「けど、食わんと寝られへん。いただきます！」

「いただきます！」

僕たちは再び手を合わせてから、意外と豪華になってしまった夜食に箸をつけた。

土手を壊すようにごはんをお茶の中で崩し、他の具材と共に慎重に吹き冷ましてから口に入れる。

それでも熱くてはふはふ口から湯気を逃がしつつ、鮭の塩気や金胡麻の香ばしさ、海苔の風味を存分に味わってから喉の奥に流し込む。

最高だ。

さっきは、カレー最高！　と思ったけれど、お茶漬けも同じくらい素晴らしい。ちょうどいい塩気が、一口ごとに身体じゅうに染み渡っていく感じがする。

熱々なので少しずつしか食べられないのが、またもどかしくていい。

僕たちはろくに口もきかず、ただひたすらに熱くて美味しいお茶漬けを食べ続けた。

そして、箸を置いたとき、僕の心と体は優しく満たされていた。

お腹がポカポカ温かく、胃の中に、控えめな分量の食べ物が入っていると実感できる。

満足感というより、安堵感と表現したい気持ちが、全身に広がっていく。

「はあ、美味しかった。お茶漬けっていいもんですねえ」

僕が実感を目いっぱい込めてそう言うと、先輩も「ご馳走様でした」と小さな声で言って箸を茶碗の上に置き、それから「あ」と小さな声を上げた。

「どうかしました？」

すると先輩は、何だか妙に生き生きした顔でこう言った。

「そや。俺、ひとつだけ送る荷物に詰めんと、大事にスーツケースに入れて持って帰った土産があんねん。せっかくやから、持ってくるわ」

僕の返事を待たずに先輩はリビングを出て二階へ行き、ほどなく平べったい紙箱を持って戻ってきた。

「ほい。壊れやすいもんやから、無事に持って帰れてよかった」

僕は、それを受け取ってしげしげと眺める。

紙箱の側面はオレンジ色で、上面には、白地に黄緑で地図らしきものが描かれている。ずいぶん昔の地図らしく、かなりへっぽこだけれど、何となく北海道っぽい。

「ん？　なんか凄い文字で書いてある『ひとつ鍋』ってのが、商品名？　え、嘘、これ、あの六花亭《ろっかてい》のお菓子なんですか？　あの、バターサンドの？」

僕のリアクションは、きっと期待どおりのものだったのだろう。先輩は満足げな笑みを浮かべ、ゆったりと頷いた。

「そや。六花亭は名物だらけやけど、それもその一つらしいで」

「……鍋が名物？」

「鍋と違う。そん中に入っとるお菓子の名前が、『ひとつ鍋』っちゅうねん。『開墾のはじめは豚とひとつ鍋』」

突然、低くていい声で歌を詠まれて、僕は目を白黒させてしまう。

「何ですか、それ」

「十勝《とかち》を開拓したなんとかっちゅう人が詠んだ句が、お菓子の名前の由来になっとうらしい」

「へえ。鍋はともかく、豚ってとこがリアルだな。てか、豚は採用されなかったんだ」

「そうみたいやな。ま、開けてみ」

促されて、僕は箱の蓋を跳ね上げてみた。

なるほど、「ひとつ鍋」だ！

箱の中には間仕切りがあって、その枠の中に一つずつ、鍋形の最中が収められていた。芸が細かいことに、鍋形の最中に、やはり最中の皮でできた蓋が載っている。造型上仕方がないのはわかっていても、取っ手がないのが残念になるほど細工がいい。

僕はフィルムをパリパリと開け、最中を手のひらに載せてみた。蓋は開けようとしても、中身にくっついているのかびくとも動かない。仕方なく僕は、爪で蓋の端っこをほんの少し割って剝《は》がしてみた。

「最中でできた鍋なんですね、これ。ふふ、無理矢理だけど覗いてみたら、中にはあんこが入ってる」

「何あんやった？」

「粒あんですけど、他もあるんですか？」

「こしあんと白あんもあるらしい」

「おー。僕は粒あん派なんで、これがいいです」

「俺はこしあん派やねんけど……この列やろか。お、アタリや。ほな、こっちの二つが白あんやな」

　嬉しそうに「鍋」の蓋を開けてこしあんであることを確かめた先輩は、僕をじっと見る。どうやら、僕に先に食べさせたいらしい。何か、まだこのお菓子にはからくりがあるんだろうか。

「じゃあ、いただきます」

　少しだけ警戒しつつ、僕は「ひとつ鍋」を齧ってみた。

　香ばしい最中の皮は、歯を当てて軽く力を入れるだけでほろほろと割れる。中の粒あんはしっかりした食感と甘さで、さらに……。

「あ、お餅」

　すると、先輩はしてやったりの笑顔になった。

「そや。鍋の中には、餅が二個、煮えとるねん」

「あ、ほんとだ、二個入ってる。シチューにジャガイモが丸ごと入ってるみたいですね」

「可愛いやろ」

「滅茶苦茶可愛いなあ。しかも、美味しい。六花亭って洋菓子のイメージでしたけど、和菓子も作ってるんですねえ」

「そやで。洋菓子のほうは、送る荷物に詰めといた。バターサンドとキャラメル」

「やった！　つか、バターサンドは凄く有名ですけど、キャラメル？」

「キャラメル、旨いで。アーモンドと大豆とビスケットが入っとる」

「何ですか、その具だくさんキャラメル。舐《な》めてるうちに色んなもんが出てきそう」

「来る。それが楽しいんやないか」

本当に楽しそうにそう言った先輩は、しかし、ゆっくりと端整な顔に浮かんでいた笑みを消した。

それから、溜め息を一つ。

「先輩？　どうかしました？　追いカロリーに対する後悔とか？」

「違うわ、アホ」

遠峯先輩は苦笑いして、ダイニングをぐるりと見回した。

「いや、札幌の実家は俺が育ったとこと違うせいもあるんやろけど、どうにも他人様《ひとさま》の家におる感じが、何度帰省しても拭い去れんでな。特に嫌なことは何もないのに、えらい疲れるねん。ここに帰って来ると、いっつもホッとするわ」

その実感がこもった正直な告白に、僕もつい深く頷いて同意してしまう。

「わかります。僕なんか育った家に帰ってるのに、何だか居心地悪いんですよね。泊まるのも元の自分の部屋なのに、どっかしっくりこなくて」

「元の家でもそうか？」

僕は正直にこっくり頷く。先輩は、むしろホッとした様子で肩を一度、ゆっくり大きく上下させた。

「そんなもんなんやろな。たまに会うたびに親の老いを感じてしもてな。電話で話しとるときはそうでもないのに、いざ直接会うてみると、会話のテンポが微妙に噛み合わんようになっとったり、身のこなしが鈍うなっとるなって感じたり、当然覚えとるはずの家族の思い出をコロッと忘れとったり」

「わーかーるー。あと、同じ話を何度もされたりね。特に認知症とかじゃなくても、忘れっぽくはなるんでしょうね、確実に」

「そうなんやろな。そういう小さいことがいちいち微妙にショックやったり罪悪感に繋がったりするねん。たまにしか帰らんから、そういうことになるんやでって言われてるみたいでな」

「同じくです。僕なんか、そこそこ近くに暮らしてるんだから、これからはもうちょっとマメに顔出さなきゃなって思いました」

「それがええ。とはいえ、親は大事やけどしんどいな」

「あっちもそう思ってそうですけどね」

「違いない」

僕らはまた顔を見合わせ、互いにちょっと情けない顔で笑い合った。

それから、小さくて可愛い「鍋」を食べ終え、また明日から社会人としての一年を始めるべく、今度こそ本当の寝支度に取りかかったのだった。

二月

「うおお、寒ッ」

一日の勤務を終えた午後六時過ぎ、ロッカールームに入るなり、俺は震え上がった。

嘘だろうと言いたくなるくらいに寒い。

二月といえば、一年でいちばん寒い時期だ。とはいえ、病院の中でこの寒さは、ちょっとありえない。

まさかと壁面のコントロールパネルを見ると、案の定、誰かが冷房にセットしているではないか。しかも設定温度は摂氏十八度だ。

殺す気か。

院内は大部分がセントラルヒーティングだが、ロッカールームや倉庫など、一部の部屋は個別にコントロールできるようになっている。おそらく、先客が出ていくときに切り替えを誤ったのだろう。

「アホちゃうか」

慌てて暖房に切り替えたが、すぐに部屋が暖まるわけもなし、俺はガタガタ震えながら

も白衣とケーシーを脱ぎ、着替え始めた。

眼科に入局した頃は、張り切って毎日スーツで出勤していたものだが、クリーニング代が嵩《かさ》むし、何より堅苦しくて肩が凝る。

そんなわけで今は、街中で患者に会っても恥ずかしくない服装ならよかろうと、少しカジュアルダウンしている。

タートルネックのシャツの襟首から頭をズボッと出したところで、ロッカールームの扉が開いた。

「おう、お疲れさん」

入ってきたのは、俺より七歳年上の大垣《おおがき》先生だ。

医者は、わりに出身大学ごとの派閥でまとまることが多いのだが、大垣先生は、他大学卒でも気さくに接してくれるありがたい先輩である。

「あれ、大垣先生、今日は……」

「うん、A病院の日やったけど、オペの経過を見ときたい患者がおったから寄っただけや。もう帰るわ」

「ああ、お疲れ様です」

「経過が思うた以上によかったから、今日の分の疲れは綺麗さっぱり飛んだわ」

快活にそう言いながら、大垣先生は白衣を脱いだ。こちらは出向先に敬意を表してスーツ姿の先生は、ネクタイを外して革のバッグに突っ込む。

「それに、今日は夜にお楽しみがあるからな」

「はい？」

俺は、ついストレートに意外そうな顔をしてしまった。

確かに今日は金曜日で、明日、明後日は、当番の医師以外は週末を満喫できる。

ナイトライフを楽しむ手合いには、金曜の夜は「お楽しみ」だろうが、俺の中で、大垣先生は、どちらかといえば家庭的な人物というイメージだ。とても、金曜の夜に飲み歩くタイプには思えない。

「なんや、鳩《はと》が豆鉄砲を食ったみたいな顔して」

「いや、『お楽しみ』て、何しはるんやろうと思いまして」

すると大垣先生は、さも常識を語る表情と口調でこう返してきた。

「なんかって先生、冬の夜言うたら、星やんか。天体観測、知ってるやろ？」

俺は、鈍く顎を上下させる。

「はあ、まあ」

「なんや、その反応。つれないなあ」

「そない星には興味がないもんで。天体観測がどうかしたんですか？」

大垣先生は、面長の顔の造作を感心するくらい器用に真ん中に寄せて、いかにもしょっぱい顔で答えてくれた。

「寒うて空気がキーンと冴《さ》えとる冬は、星が綺麗に見えるもんやで。特に今夜は新月やからな。月明かりがない分、星がよう見える。雲もあんましなさそうやし」

「へえ」

「おいおい、もうちょっとこう、ガッと来てくれや。ホンマですか、ええこと聞いた！とか」

「……ホンマですか。ええことかどうかは、ちょっとわからんですけど」

「ええことやないか！　星くらい見るやろ、先生かて」

「いや、さほど。大垣先生、天体マニアやったんですか」

「そういうわけやないけど、うちは山の上に住んどるからな。綺麗に見えるもんを、見んのは勿体ないやろ」

「はあ、なるほど。ほな、望遠鏡とか持ってはるんですか」

大垣先生は、自慢げに両手を腰に当てる。

「持っとるけどな、そんなもんは要らんで！」

「は？　いや、だって、月やら星やらは、望遠鏡ででかくして見るもんやないんですか？」

「いやいや、勿論、それもええけどな、ただ夜空を見上げとるだけで、宇宙は何と美しいもんかと思えるんや」

「……はあ」

夜の街でのお楽しみでなかったのは何よりだが、まさか、自宅での、そんな素朴かつロマンチックなお楽しみであったとは。

興味がなさすぎて鈍い返事をするばかりの俺に、大垣先生はやけにノリノリでこんなことを言いだした。

「そうや、何やったら今日の夜、うちに来いな。そやな、晩飯済まして、夜の九時とか十時とか、そのへんに」

「えっ⁉」

「いや、昔から、星は息子とふたりで見ることにしとんのやけど、息子が今、中学三年でな。難しい年頃やろ。仲悪いわけやないねんけど」

「ああ、その年頃はまあ……そうかもですね」

自分の中学、高校生時代を思い出して相づちを打つと、大垣先生の小さめの目がキラリと光った。

「おっ、先生みたいなええ子ちゃんタイプでも身に覚えありか。そういうわけやから、賑やかしに来てくれたらありがたい。是非とも奥さんと一緒に……ああ、先生は独身やったかな。ほなひとりで」

そう言われて、俺ははたと考え込んだ。

俺自身はこの寒い最中、わざわざ星を見るなどという行為に興味はないが、白石はどうだろう。

あいつはいつも、「どんなことが小説のネタになるかわかんないので、何だって経験したいです」と口癖のように言っている。

もしかしたら、大垣先生の山の上のお宅にも、天体観測にも興味津々かもしれない。

俺は決して多趣味なほうでないから、白石に小説のネタを提供してやることなど、ほぼできはしない。だからこそ、俺にはまったく興味のない、というかむしろ勘弁してほしい気がする誘いでも、白石にとっては役に立つのかもしれない。

思いを巡らせる俺を見て、渋っていると感じたのだろう。大垣先生は、太い眉をハの字にした。

「やっぱし気が進まんか。そやったら、無理には言わんけど」

俺は慌ててかぶりを振る。

「あ、いえ、そうやないです。実は俺、高校時代の後輩と同居してるんですけど、そいつが小説家なんですよ」

俺はあまり職場でプライベートについては語らないので、大垣先生にとっても予想外の情報だったのだろう。面白そうな顔で俺をからかってきた。

「おっ、それは同居なんか、同棲《どうせい》なんかどっちや」

「同居です。先生、美女と同居を想像してるかもしれませんが、残念ながら野郎ですよ」

「なんや。浮いた話かと思うたのに。ああいや、別に野郎と浮いた話でもええけど」

「断じて浮いてません。もはや同居も四年目なんで、合宿を通り越して家族みたいなもんですよ」

「なんや、おもんないなあ。ああいや、小説家っちゅうんはおもろいな！」

「面白いかどうかはわからへんですけど、俺よりはだいぶ好奇心旺盛なんで、天体観測にも興味があるんと違うかな」

大垣先生は、一気に白石に興味をそそられたようで、瓜《うり》を思わせる顔をほころばせて声を一段階大きくした。

「ん？」

「おお、ほな一緒においでや！」

「あとで電話して訊いてみます。そやけど先生」

「その前に先生がご自宅に電話して、奥さんにＯＫを貰ってください」

「へ？　いや、大丈夫やろ。別に晩飯出すわけやなし。家内の負担はあれへんで」

大垣先生は訝しげな面持ちでそう言ったが、俺は強い口調で食い下がった。

「奥さんの負担は、飯だけやないでしょう。夜遅くに他人が来たら、家の片付けやら化粧を落とすタイミングやら、いろいろ段取りが狂うところがあるでしょうし」

俺としては当然の配慮をしたつもりだったのだが、大垣先生は嫌な笑い方をして長い顎をさすった。

「遠峯先生は、独身やのにえらい思慮深いなあ。なんや、過去に年上の女性に可愛がられた経験でもあるんかいな」

「……今の世の中、その発言は十分にセクハラですよ」

「野郎同士でもかあ?」

「セクハラです。女性やったら大炎上ですし、同性でも下手したら問題ですよ」

「うひゃー。気ぃつけなアカンな。失礼しました」

やけに素直に詫びてくれた大垣先生は、思い直したように頭を掻いてこう言った。

「いや、確かに黙って先生らを呼ぶことにしたら、家内の機嫌が悪うなりそうや。今、訊いてみるわ。ちょー待って」

そう言うなり、大垣先生はスマートホンを手に廊下へ出ていく。

俺がそこまで食い下がったのは、自分の母親のことがあるからだ。

俺が子供の頃、父が同僚を無断で自宅に連れ帰ると、母親は文字どおり血相を変えて部屋を片付け、冷蔵庫の中身をフル活用して料理を作り、必死でもてなしていた。

無論、あとで烈火の如く父を叱り、俺にしつこく愚痴るので、俺としてはとばっちり以外の何物でもなく、実に煩わしかった。

「そんなにグチグチ後で言うなら、突然の客なんか断って追い返したらええやん」

当時の俺は母にそう言い放ったし、その発言が間違っているとは今も少しも思わない。

だが、母親は夜叉《やしゃ》の形相でこう言い返してきた。

「それが当たり前やと思うやろ。それやのに、そんなことしたら、お父さんの職場で何て言われると思う？　『あそこの奥さんは性格きっついから』って噂が立つねんで。それをまたお父さんが面白おかしくネタにすんねん。そんな失礼な、理不尽な話ある？　そやから、無理してでももてなして、せめて『できた奥さんや』て言われるほうがマシやん。愚痴くらい言わして！」

俺の母親は基本的に明るく朗らかな性格で、お喋りではあっても、人の悪口を言うようなタイプではない。それなのに、あのときの母は世界じゅうの怒りと憎しみを寄せ集めたような、子供心にも真の恐怖を感じるほどの恐ろしい顔つきをしていた。

今、大人になってみると、あのときの母の悔しさは察して余り有るし、父には心から「離婚されずに済んでよかったな」と言いたくなる。

だからこそ、大垣先生から誘いを受けた瞬間にそのことを思い出し、我ながら神経質なほどに「妻の承諾」を求めたのだ。

大垣先生には理解されないだろうが、構うものか。俺は、あのとき父が連れて来た来客たちのような存在には、絶対に、絶対になりたくない。

「お待たせ～」

五分は待つだろうと思ったのに、大垣先生は俺が着替え終わる前に満面の笑みで戻ってきて、両腕で大きな円を作ってみせた。

「オッケーや！　よろしかったらお越しください、本気で何のお構いもしませんけどって」

「無理にごり押しとか……」

「してへんしてへん。同僚が、小説家の同居人と一緒に来るかもしれへん言うたら、そらええわって喜んどった」

「……はあ」

特に俺のほうから「行きたい」と思ったわけではないし、小説家を連れていくのが何故「そらええわ」なのかもちょっとわからないが、奥さんが本当に快く歓迎してくれるなら、誘いを断る理由はない。

「そしたら俺のほうも、同居人の都合を聞いてお返事します」

「おう、そうして。LINEでな」

「わかりました。ほな、お先に」

「お疲れ！」

大垣先生は、やけに嬉しそうな笑顔で俺を見送ってくれた。

その夜、午後九時過ぎ、俺と白石は、近所のコインパーキングで借りたカーシェアの自動車に揃って乗り込み、大垣先生宅へと出発した。

山の上、と表現していた先生のお宅は、六甲山《ろっこうさん》の中腹にある。

自動車で芦屋の市街を南から北へと走り抜け、フランク・ロイド・ライト設計の有名な「ヨドコウ迎賓館」の前を通って、あとはひたすら有馬温泉へと抜ける山道をウネウネ上っていく。

職場からの帰り、電車の中からLINEで打診してみたら、案の定、白石は天体観測に大乗り気で、俺が帰宅する頃には、すっかり夕食を仕上げて待っていてくれた。

俺たちは神戸の名物とよく言われる、スジ肉と蒟蒻《こんにゃく》を甘辛く煮た「すじこん」の代わりに、白石がシチュー鍋にたっぷり作った筑前煮《ちくぜんに》の残りを投入したお好み焼きで夕飯を済ませ、交代で風呂を使い、帰宅したらあとは寝るだけの準備万端モードで家を出た。

白石はともかく、俺のほうは面倒臭い以外の何ものでもないはずなのだが、やはり久しぶりにハンドルを握ると、ちょっとテンションが上がる。

山を攻めるとなると、なおさらだ。

といっても、俺は走り屋ではないし、山道にも不慣れなので、常識的な速度で走るわけだが、それでもヘアピンカーブを思いのほか上手くクリアできたりすると嬉しくなってしまう。

なんだかだいって、こういう思わぬイベントは気分を上向かせてくれるものだ。

「うわー、真っ暗ですねえ」

「ホンマやな。前に有馬へ行ったときは、明るいうちやったから」

「そうそう。緑が綺麗だな〜とか言ってましたけど、夜はちょっと怖いかも」

「そう言うたら、六甲山系はホラー系のスポットがそこそこ……」

「わー！　やめてくださいってば！　僕、夜の怪談はほんと駄目なんです」

助手席に陣取った白石は、両手で耳を塞いでみせる。

「小説家やのに。ああ、そう言うたら先方の奥さんが、小説家が来るんを楽しみにしてはるみたいやで」

運転しながら俺がそう言うと、白石は「ええっ」と暗がりの中で大袈裟な声を出した。

「どうしよう、僕、普通の感じで来ちゃいましたけど」

「普通の感じて何やねん」

「いや、もっとこう、アーティストっぽい出《い》で立《た》ちがよかったかなって」

「先方が何を期待しとんのかは知らんけど、普通でええん違うか？」

「そうですか？　まあ、初対面のお宅で、そんなにアバンギャルドなのもアレですよね」

「お前はともかく、俺がアレや。大垣先生に、医局で『遠峯の同居人、えらいやっちゃで〜』とか言いふらされると面倒やろ」

「それもそうか。じゃあ、ごく普通の白石君でいきますね」

「そうしてくれ。っちゅうか、普通やない白石君を知らんけど」

俺が闇の中でハンドルを切りながらそう言うと、白石は被っているニット帽を目ギリギリまで引っ張り下ろし、「エクストリーム白石君は、封印されし存在ですからね！」とわけのわからないことを言って楽しげに笑った……。


大垣邸は、有馬へ続く芦有ドライブウェイから「芦屋ハイランド」へ向かう道路へ入り、奥山貯水池に向かう途中で、細い脇道に入ったところにあった。

脇道の両側には大きな邸宅が並んでいるが、窓に明かりが見えない家が多い。早寝なのか、あるいは別荘使いなのか判断はつかないが、とにかく水を打ったように静かである。

しかも、地獄のように寒い。

標高四百メートル余りの場所に来たのだ、俺たちの自宅より四度は低くて当然だが、自動車から降りるなり、俺も白石も、「寒いな！」と囁き合いつつ、身震いして足踏みした。

そして、やはり暗い。

脇道に入るまでは、それなりの間隔で街灯があったが、大垣邸周囲には、玄関の門灯以外に灯りがなくて、本当に暗い。怪談嫌いの白石でなくても、ひとりだったらとてつもなく不安になりそうだ。

しかし、俺たちはインターホンを押してすぐ、暖かで明るい家の中に招き入れられた。

迎えてくれたのは、初めて見る「おっさん的家庭着」姿の大垣先生と、初対面かと思いきや、おそらく同僚の結婚式でご挨拶した記憶がうっすらある奥さん、そして大人しそうな顔をした、ヒョロリと背の高い一人息子の凜太郎《りんたろう》君だった。

お互い簡単な自己紹介を終えると、大垣先生は、いかにもワクワクした様子で「ほな、さっそく行こか」と、何故か二階へ向かう階段を上がっていく。凜太郎君も、特に異議を唱えることもなく、スタスタと父親に続く。

てっきり天体観測は庭でやるものとばかり思っていた俺と白石は、思わず顔を見合わせた。そこへ、小柄な奥さんが悪戯っぽい笑顔で助け船を出してくれた。

「うちはね、屋上がいちばんよう星が見えるんです。庭園灯も消しましたから、真っ暗ですよ。ああ、うちの男どもは気ぃききませんから、何かあったら、言うてきてください。私、居間におりますから」

「奥さんは星を見はらへんのですか？」

意外に思って俺が訊ねると、奥さんは「当たり前でしょう」と言いたげに笑った。

「私は寒がりですもん。それに、見たいドラマがありますから。星を見るんは、昔から、我が家では父と子の数少ないイベントなんです。主人はよう喋りますけど、息子は昔から口が重うて。こんな機会でもなかったら、二人でゆっくり喋ることもありませんしね」

「なるほど」

俺がようやく得心して頷くと、奥さんは声をひそめて俺に……ではなく、白石に言った。

「あの、もしうちの子がお話を伺いたがったら、ご経験を話してやってくださいね」

「……はい？」

キョトンとする白石に、奥さんはちょっと困り顔で打ち明けた。

「うちの子、将来はマンガ家になりたい言うて、主人とこないだ軽く揉めたんです。主人はほら、やっぱり我が子には医者になってほしいと思うてるみたいで、そういう親心って、なかなか思春期の子供には通じませんでしょ。それ以来、ちょっとだけ関係がぎこちなくて」

「あー」

思わず、俺と白石は同時に納得の声を上げた。

なるほど、白石の職業を聞いて、奥さんが乗り気になったわけだ。

「僕、あんまりそういう相談には乗れないと思いますけど……」

さっそく弱気な発言を繰り出す白石に、奥さんはちょっと慌てた様子で片手を振った。

「いえいえ、うちの子にとっては小説家さんなんて憧れの存在なんで、お話ししていただけるだけでも十分ですわ。さ、どうぞどうぞ」

「……えぇー」

白石は困った顔のまま、俺を見る。

「ま、とにかく行こうや」

万が一、星を見るどころか、父と子の諍《いさか》いに巻き込まれでもしたら大いに厄介だが、今さら帰るわけにもいかない。無事にこの家を去ることができるよう祈りつつ、俺は白石を促し、大垣父子を追いかけた。


二階にある大垣先生の小さな書斎、その天井に設《しつら》えられた小さな扉から屋上に出ると、そこに拡《ひろ》がっていたのは、街中より遥《はる》かに濃密な闇だった。

遠くにバス通りの街灯がチラリと見えるものの、それを除けば本当に暗い。

屋上には既に、「天体観測会」の用意が整っていた。

視界を確保するためのお洒落《しゃれ》なティーキャンドルがいくつか床面に置かれ、おそらくは氷点下の寒さを凌《しの》ぐための寝袋も人数分用意されている。

さらに、先に来ていた大垣先生と凜太郎君が、奥さんが作ってくれたという熱々のミネストローネを保温容器からよそって渡してくれた。

俺たちは、寝袋に下半身を突っ込み、ミネストローネを味わいながら、夜空を見上げた。

トマトベースで、ほんの少しだけニンニクの香りを感じる、豊かな味のスープだ。豆やタマネギ、ベーコンがたっぷり、それに、歯が要らないほど柔らかく煮込まれたショートパスタが入っている。

俺はこの、歯ごたえがなさすぎるパスタが意外と好きだ。みそ汁の麩《ふ》のような感覚なのかもしれない。

身体の中からスープで温めたせいか、あるいは山の上の環境に少し慣れたのか、ダウンジャケットのジッパーをしっかり首元まで上げ、ニットキャップとネックウォーマーをしっかり身につけていれば、寒さはどうにか我慢できそうだ。

「凄いなあ……！」

傍らで、白石の溜め息交じりの歓声が聞こえる。

俺はといえば、不覚にも感動して言葉を失っていた。

目が暗さに慣れるとすぐ、夜空に輝く星の多さに圧倒される。

街中でも、我が家のあたりはそこそこ暗いので、星なんか十分に見えると思っていたが、あれはとんだ思い上がりだった。

夜空は、こんなにも賑やかな場所だったのか。

月明かりがないおかげで、普段なら見えない暗い星の光も、今夜は格別によく見えるらしい。大垣先生は、楽しげにいくつかの星座を俺たちに教えてくれた。

まあ、明らかに認識できたのはお馴染みのオリオン座くらいだが、わからなくてもそれはそれで十分に楽しい。

凜太郎君は当初、星を見る合間に俺たちのほうをもの言いたげにチラチラ見ていたが、父親に遠慮してか、あるいは人見知りか、何も言わずにいた。

だが、とうとうたまりかねたのか、「あの、寝転がると、もっと楽に星が見えます」と、俺と白石のほうを見ずに、早口で教えてくれた。

確かに上を見すぎて首が痛くなってきた頃合いだったので、俺も白石も寝袋にすっぽり身体を収め、凜太郎君と並んで寝ころんでみた。

身体の下にあるコンクリートは氷のように冷たいはずだが、寝袋のおかげでそれをほぼ感じずに済むのはありがたい。

「おっ、なんや、みんな蓑虫《みのむし》になるんか。ほな、俺も」

大垣先生も乗り遅れまいと寝袋にちょっと窮屈そうに上半身を入れようとしたが、そのタイミングを見透かしていたかのように、奥さんが書斎からヒョイと顔を出した。

「あなた、お楽しみ中、申し訳ないけど、キッチンの電球を交換してくれへんかしら。点滅して鬱陶しいんよ」

おっと、と俺は心の中で苦笑いする。

おそらく奥さんは、このタイミングで夫をひととき凜太郎君から引き離すべく、そこそこ時間がかかる用事をわざと作っておいたに違いない。

そんなこととは知らない大垣先生は、「おう、寝袋に入ってまう前でよかったわ」と言いつつ、書斎へと降りていく。

賑やかな大垣先生がいなくなると、しん、と静けさが辺りに満ちた。

両隣に寝そべる凜太郎君と白石が、それぞれあからさまに緊張の気配を漂わせていて、俺は何だか可笑しくなってきた。

いっそ、俺からどちらかに話を振ってやろうか……などと思っていると、再び渾身《こんしん》の気力を振り絞ったような掠《かす》れ声で、寝そべって夜空を見上げたまま、凜太郎君がこう言った。

「あの、マンガ家になる夢って、どう思いはります？　医者になるて、そんなに凄いことですか。偉いことですか」

暗がりで発せられた質問は、俺と白石、どちらに向けられたものかわからなかった。だが、白石が物凄い顰めっ面で困り果てているので、俺はとりあえずの場つなぎのつもりで口を開いた。

「医者になれて、お父さんが？」

凜太郎君は、寝袋の中でもそりと顎を上下させる。

「お前にマンガの才能があるかどうかは知らん。そやけどマンガ家なんていつまでできる仕事かわからんやろ。社会的な保証も資格もなんもない。そない不安定な仕事に息子を就かせるんは、父親として俺は嫌や。お前には、できたら医者になってほしい……そう言われました」

「で、凜太郎君はそれは嫌なんか？」

「嫌っていうか、医者になりたい気持ちはないです。それに医者になっても、何や問題を起こしたら辞めんとあかんやろし、一生ものの仕事とは限らんやんか、って反論したら、『屁理屈《へりくつ》はやめえ』て怒られました。僕は、別に屁理屈違うと思うんですけど」

大人しい口調だが、不服そうに尖《とが》らせた唇がいかにも少年らしい表情で、俺はこみ上げる笑いを噛み殺しつつ、こちらを不安げに見ている白石に目配せしてから前置きした。

「俺らは二人とも独身やし、凜太郎君とは他人やし、俺らが言うことは基本、百％無責任やで」

凜太郎君は、それでもいいと言いたげにこくりと頷く。俺は、考えながらゆっくりと喋り始めた。

「俺は、ここにいる白石と暮らし始めて、小説家の生活がどないなもんか、ちょっとくらいはわかった。ネタがなかなか出てこおへんて七転八倒しとるのを何度も見たし、〆切間際には、何日もろくすっぽ寝んと、ヨレヨレになって原稿やっとる。売れ行きが今イチで、次の仕事があるやろかってクヨクヨしとるんもよう見かける」

「ちょ、先輩、夢を壊すようなことは……。そうじゃない小説家だっているよ！　まあ、マンガ家さんにもそれなりに大変なことはいっぱいあると……」

白石が口を挟もうとしたのを敢えて無視して、俺は話を続けた。

「とはいえ、ホンマに好きなことやったら、夢を追いかけてもええとおもう」

「ほんまですか！」

声を弾ませる凜太郎君に、俺はフラットな口調で訊ねてみた。

「そやけどな。俺、マンガ家のことはようわからんけど、マンガ家っちゅうんは、君くらいの歳から、専門的にそれだけやらんとなられへんもんなんかな？」

「はい？」

キョトンとする凜太郎君に、俺はさらに問いを重ねる。

「勿論、マンガを描く訓練は根気よう続けなあかんやろ。俺も部活でアーチェリーをやっとったから、それはわかる。練習は、こつこつやらなアカン。そやけど、俺はアーチェリーを放課後にやって、それ以外の時間は勉強して、医大へ行った」

「……え、いや、でも」

「マンガはそうと違うんかな。全部の時間をマンガに捧《ささ》げんとアカンのやろか？　白石は、小説家になるために、全部の時間を小説を書くことに使うたか？」

白石は、ちょっと考えてから、むくりと身を起こし、俺越しに凜太郎君を見た。

「いえ。僕は……勿論小説は書いてましたけど、他のこともいっぱいしましたよ。バイトも、勉強も、それこそ先輩と同じアーチェリーも、他にも色々。他の人の小説もいっぱい読みました。なんでかっていうと……」

白石は、滅多《めった》に見ない真剣な面持ちでこう続けた。

「小説を書くためには、自分の空想だけでは駄目だから。足りないから。色んなことを経験したり、色んな人に会ったりした、それが小説のネタになるから。ほら、今も」

白石は、手袋をはめた手で、夜空を指さす。

「こんなにたくさんの星を見て感動して、僕、自分のキャラクターにも星を見せてやりたいって思ってた。世の中には僕の知らないことがたくさんあるから、もっと色々経験したいって思ってた。知らないことは、アイデアに出せないから」

凜太郎君も、さすがにこんな話を寝たまま聞き続けるわけにはいかず、身を起こす。やむなく、俺も二人に付き合って起き上がった。寝袋から出ると、上半身が急にヒヤヒヤする。つらいがやむを得ない。

「あの、それってつまり……？」

凜太郎君の不安げな問いかけに、白石は困り顔で小さく笑ってこう言った。

「僕と遠峯先輩の考えが一緒かどうかはわかんないけど、僕は、マンガの練習を続けながらも、他のことをどんどんやればいいし、やらなきゃ駄目だと思う。引き出しの多さは、もしかしたらマンガ家デビューの機会になるかも、その後の寿命の長さにも繋がるかも」

「引き出しの多さ、ですか」

「勿論、マンガ家になってから興味のある分野について取材すればいいんだろうけど、何

かひとつでも専門的な知識を持っていることがあれば、それは凄い強みになると思う」

どうやら、白石は俺とおおむね同じ意見らしい。俺はちょっと安堵して口を挟んだ。

「別に医者に限らんけど、何ぞ国家資格を持つんは悪い提案やないと思うで。現金収入が安定して得られる仕事があれば、それで稼ぎながら、マンガの修業を長く続けやすいやろ」

「……なる、ほど」

「おまけに、たとえば医者になってみ？　医療マンガを描くのに、説得力があるどころの騒ぎやない。そんな特大の強みを、親の金で持たせてもらえるっちゅんは、まあまあお得な話と違うか？」

凜太郎君は、息を呑んだ。どうやら、十代特有の視野の狭さが災いして、そういう発想はこれまで持てなかったようだ。

「でも、医者になるんは大変やし、勉強もたくさんせんといかんし、たぶん、医者になってからも忙しいし、なかなかマンガの投稿もままならんと思います。それやと、デビューできたところで遅すぎへんかなって」

それでもなお浮かない顔の凜太郎君に、白石が慰めるような口調でこう言った。

「何となく、気持ちはわかるよ。十代で華々しくデビューするアーティストさんを見てると、焦るよね。自分も早くそんな風になりたいって、願っちゃうよね」

「そうなんか？」

俺は驚いて、二人の顔を交互に見た。二人とも、深く頷く。白石は、軽く俯《うつむ》いて、どこか寂しい笑みを浮かべた。

「でも、デビュー年齢は、人それぞれだよ。むしろそこからどれだけ続けられるかのほうが大事なんじゃないかな。僕は今、必死で引き出しを増やしながら小説の仕事をしてるから、君くらいの歳に、もっと積極的に色んなことをしてればよかったって後悔してる。まあ、それは僕の話だけど」

「なるほど……。そっか、医者になったら、医療もの、確かに描けるかも」

「そやけどな、凜太郎君」

俺は慌てて言葉を足した。

「説教臭うて嫌やけど、これだけは言うとくわ。勿論、マンガ家としての武器にするために、医師免許を持つんはええと思う。医者になる動機なんか、何でもええねん。そやけどな、医者が相手にするんは、人間や。君のための道具と違う」

「そんな風には思ってないですけど……」

「そうやろうけど、一応な。医者は、色んな意味で社会的な責任を負うとる仕事や。ある程度の覚悟は持っとかんとあかんし、何の興味もなければ続けるんは難しいと思う。そこはよう考えて、お父さんともよう話し」

「……はい」

「万が一、お父さんが医学部受験を無理強いするようなことがあったら、また、お母さん経由で俺らに相談してくれてもええ。できることはあるかどうかわからんけど、話くらいは聞く。なあ、白石」

「僕なんか、マジで聞くだけしかできないけど、よかったら」

凜太郎君は、俺と白石の話を噛みしめるように、さっきよりはしっかりした声で「はい！」と頷き、初めてはにかんだような笑顔でペコリと俺たちに頭を下げ、「ありがとうございます」と言ってくれた……。


しばらくして戻ってきた大垣先生を交え、俺たちはもうしばらく星を眺め、しまいには一つだけ流れ星を見て全員で大はしゃぎしてから、帰途に就いた。

自宅に到着したのは、日付が変わる頃だった。

家を出る前は、帰宅したら即寝るつもりだったが、何しろ身体が冷えすぎていて、とても眠れそうにない。

まだ風呂の湯を抜いていなかったので、追い焚きして二人で順番に浸《つ》かったが、何となく冷えが身体の芯に残っている気がする。

そこで俺たちは、さっきのミネストローネのように、何かを食べて身体の中から温めることにした。

相談の結果、胃に負担の少ない、贅肉にもなりにくそうな夜食として選んだのは、湯豆腐だった。

よくある鍋物と見紛うような湯豆腐ではなく、鍋に水を張り、出汁昆布を一切れ入れて、その上に絹ごし豆腐一丁を六つに切ったものを置き、穏やかな火加減で温めただけのシンプルなものだ。

もはや葱を刻んだり、生姜をおろしたりするのも面倒なので、薬味はなし。

その代わり、最近俺たちが凝っている、とびきり旨いポン酢をかけて熱い豆腐を食べることにした。

細長いガラス瓶に入ったそのポン酢は、「七星《ななぼし》ソース株式会社」が製造する、その名も「生ぽんず」である。

何が「生」なのかは知らないが、とにかくゆずの香りが素晴らしい。味も、甘味と酸味のバランスがよくて、キレはいいのに、喉を刺すような刺激がない。とてもまろやかなのだ。

この秀逸なポン酢に滑らかな豆腐を取り、箸で割ってはふうふうと吹いて口に入れ、つるんとした舌触りを楽しむ。

これ以上素晴らしい夜食が、世の中にあるだろうか。

白石もそう感じたらしく、真面目な顔で「春が来るまで、夜食はずっとこれでいいです」とやけにきっぱり宣言した。

「ホンマやな。身体は温まるし、旨いし、罪悪感は少ないし」

「それですよ。はあ、いい夜だなあ。ご馳走になったミネストローネは美味しかったし、星は降るみたいにたくさん見えたし、流れ星に咄嗟に『売れたい！』だけお願いできたし、湯豆腐は旨いし……先輩」

「ん？」

「凜太郎君、僕らの話がちょっとくらいは役に立ちましたかね？」

「さあ？」

俺が正直に答えると、白石は不安げに俺を軽く睨んだ。

「あんないい話をしておいて、そのリアクションですかあ？」

「そやかて、俺はあの子のマンガも見てへんし、才能あるかどうかなんか知らんし」

「まあ、そりゃそうですけど」

「そやけど、不安定な仕事をするんやったら、その前に手堅い職を手につけるんは、絶対に悪いことやない。選択肢のひとつとして頭に置いてもらえたら、それでええん違うか？」

「それもそうですね。……うん、そうだ。僕だって、今、全力で小説の仕事に打ち込めるの、この家にいるからですもん。何だかだで、先輩に守られてるなあ、僕」

「いや、特にわざわざ守ってはおらんで？　むしろ、この家を守ってくれてるんは、お前のほうやろ」

「あ、それもそうか」

白石は、小鉢の中の豆腐を美味しそうに食べてから、「じゃあ僕ら、守り守られですね」と、ちょっと得意げに笑った。

「そやな。Win-Winとかいう言い方よりは、守り守られ、のほうが何かええな」

「でしょー。ふふ、やっぱりいい夜だ。ねえ先輩、豆腐、もう一丁湯豆腐にしちゃって、一杯だけ飲みません？　こないだの日本酒の残り、燗酒《かんざけ》にして」

俺の返事など、言うまでもない。

俺たちは、軽く一杯のつもりが丑三《うしみ》つ時《どき》まで、夢を抱えていた十代の話で盛り上がりつつ飲み続けてしまい、結果、二日酔いと戦いつつ週末を過ごしたのだった……。

三月

「旨い、と先輩がシンプルに言うときは、本当に美味しいと思ってくれているときなのです。言うなれば、最高の賛辞。お勧めの食パンを気に入ってもらえて、とても嬉しかったなあ……」

　小声でボソボソと喋るのとほぼ同じスピードで、両手の指はキーボードの上を走り回って正しい文字を選び続ける。

　入力、変換、確定。僕とワープロソフトの共同流れ作業だ。

「……というわけで、昨日の夜食、コンビーフ&キャベツ炒めサンドイッチに使ったのは、JR芦屋駅近くにある『明日の食パン』さんの『MU otona《ムーオトナ》』。トーストするとサクッとした歯触りと軽やかで香ばしい香り、ほんのりした甘味が楽しめる、今、僕のイチ押しの山食です……、と」

　すっかり日課となった「食べたものブログ」にせよ、小説の原稿にせよ、こんな風に打ち込む文言を声に出すようになったのは、いったいいつからだっただろう。

　以前はそんなことはなかった。

たぶん、この家に来てからだ。

でも、いつもやるわけではない。外ではやらないし、家の中でも遠峯先輩がいるときは、さすがに恥ずかしいからやらない……というか、やらなくても打ち込める。

今みたいに家の中に誰もいないときだけ、こうして小声で呟いた言葉をキーを叩いて打ち込んでいくのだ。

よく考えてみれば、声と手がほぼ同時に同じ言葉を発したりパソコンの画面に表示させたりするのだから、あまり意味はないような気がする。

でも、こうすると何だか作業がはかどるし、どことなく安堵感みたいなものも生まれる。

「なんでだろ。……あ、もしかして」

ちょっと手を止めて考え込んでいた僕の頭に、とある仮説が生まれた。

もしかしたら、僕はこの家の静けさが基本的に好きだけれど、仕事のときだけはちょっと苦手なのかもしれない。

東京にいたときは、通り沿いのアパートの部屋は常に音に包まれていた。

でも、この家は、バス通りから一本内に入っているだけあって、本当に静かだ。パソコンのファンの音が気になってしまうほど外からの音が聞こえてこないので、逆に落ち着かない気持ちになっていたのかもしれない。

だから、自分が声を出すことで、ほんの少しだけ賑やかな気配を作って、執筆しやすい環境を作り出していたのだろう。

（そっか。何となくテレビをつけてるときとか、先輩がいるときとかは、何かしら音とか声とかが聞こえるから、僕が何も言わなくていいんだ。ああ、なるほど）

そんな事実に気付くと、自分自身がちょっと面白くなってくる。

静寂を破るために何か音がほしい。でも、テレビをつける気分じゃないし、音楽を聴きたい感じでもない。だったら自分で音を立てるしかないけれど、原稿に関係のない独り言や歌を口にするのは無理だから、今から書こうとしている文章を声に出してみよう。

おそらく、脳内でなんとなくそんな感じで勝手にアイデアがまとまって、僕は流されるがまま、今みたいにブツブツ小声で呟きながら原稿を書くようになったのだ。

これまで、脳は僕の臓器の一つだと思っていたけれど、こうなってみると、むしろ僕と脳はひとつの身体を分かち合って、時々協力したり、相手をこっそり利用したり邪魔したりする職場の同僚みたいなものなのかもしれない。

（あ、面白いな、このアイデア。ちょっとメモしとこう）

僕はいつもアイデアを雑に書き付けておくのに使う小さなノートを探して、そのあたりに視線を走らせた。

いつもは仕事をするダイニングテーブルの片隅に、文房具や参考資料と一緒に置いておくのに、何故か見当たらない。

ちょっと考えて、僕は「あ」と小さな声を上げた。

そういえば昨夜、リビングでくつろいでいるときにふと思いついたことがあって、慌ててノートを取ってきてメモしたんだった。

（リビングの……あ、コーヒーテーブルの上にあった）

おそらく頭から抜け落ちる前に書き留めたことに安堵して、大事なノートのほうは傍らに置いてそのまま忘れていたに違いない。

「そういうとこだぞ、僕」

自分をたしなめながら席を立った僕は、リビングに行き、拾い上げたノートをすぐに開いて、白いページに昨夜同様、カリカリと大急ぎでボールペンを走らせた。

どんなにいい思いつきだと思っていても、そうしたアイデアが脳内に滞在できる時間はとても短いし、ペンで紙の上に書きだしてみると、何故かわからないけれど、いつもちょっとイメージが違う言葉が出てきてしまう。

脳内にある情報を正確に言葉にすることは、なんて難しいんだろう。

でもまあ、こうしてメモしておけば、後で小説のプロットを練るとき、道標の役割くらいは果たしてくれる。

何もないよりは、ずっといい。たぶん。

そんな風に自分を慰め、どんどん脳内のアイデアから離れていくメモ書きに絶望しながら、とにかく書くだけは全部書いてしまい、僕はふうっと深い溜め息と共にノートを閉じた。

何の気なしに、リビングの大きな掃き出し窓から庭を見やって、「お」と、またしても小さな声が出る。

三月ももうじき半ばだというのに、雪がチラチラ舞っていた。陽射《ひざ》しを受けてときおりキラッと光るのが、とても綺麗だった。

とても積もるような勢いではないけれど、まだ春の到来にはしばらくかかるんだな、と思う景色だ。

今年最後かもしれない雪に触れておきたくなって、僕はノートをまたコーヒーテーブルの上に置き、玄関から外に出てみた。

ヒヤッとした風に、思わず身体が縮こまってしまう。何か、上着を着てくるべきだった。僕はTシャツにジャージの上下というこれ以上リラックスできない服装で両腕をさすりながら、空を見上げた。

まだおやつ時といった頃合いなのに、けっこう気温が下がっている。雪がちらつくのも当たり前だ。

「ああ、けっこう粒が大きいなあ」

いわゆるぼたん雪の一歩手前くらいの雪がはらはらと手のひらに落ちては、たちまち音もなく解けていく。ひんやりした感触が、嬉しいような悲しいような、不思議な気持ちになっていると、家の前でバイクが停《と》まった。

郵便配達の人だ。僕は急いで門扉を開けた。

ぼんやり突っ立っていた僕を胡乱《うろん》げに見つつも、彼はボックスから郵便物を数通取り出し、「どうも、郵便です」と言いながら手渡してくれた。

「ご苦労様です」

受け取って家の中に入った僕は、軽く首を傾げた。

「あ、これは僕にだ」

渡された四通のうち三通は先輩へのいわゆる宣伝広告の類だったけれど、最後の一通は僕宛、しかも今、メインで仕事を貰っている出版社の担当編集氏からだ。

最近は、色々な業務上の連絡をメールで済ませることが増え、郵便物で届くのは契約書くらいだ。

でも、今の時期に取り交わすような契約書はないはずだし、それなら通常は、もっと大きなサイズの封筒が来る。

微妙な厚みのある封筒に首を傾げつつ、僕はリビングに戻った。

先輩宛の封筒をコーヒーテーブルに置き、ソファーに浅く腰を下ろすと、僕は自分宛の封筒を、ちょっと行儀が悪いけれど、指で開けにかかった。

幸い、糊《のり》づけがやや甘かったので、封筒をあまりビリビリにしなくて済んで助かった。

封筒の中から引っ張り出したのは、まず、一筆箋だ。

季節先取りの桜の模様が綺麗な紙に、担当編集氏の几帳面《きちょうめん》な筆跡でこう書いてある。

「お世話になっております。ファンレターを転送致します。よろしくお願い致します」

物凄く事務的なメッセージだけれど、そんなことはどうでもいい。

「ファンレター！」

僕は一筆箋を放り出し、封筒の中を探った。

中から出てきたのは、可愛いレターセットを使った手紙が一通。

担当編集氏が中を改めたので、封は切られている。転送前に危険物が入っていないかどうか確かめるのは、彼女の仕事のひとつだ。こればかりは仕方がないし、僕にとってはありがたい。

最近は、本の感想もメールやSNSで貰うことが多くて、手紙は本当に久しぶりだ。

勿論、どんな感想でも貰えれば嬉しいけれど、手紙の特別感はちょっと他の何物にも代え難《がた》い。

逸《はや》る気持ちをぐっと抑えて丁寧に引き出した便箋を開くと、ちょっと丸みのある、読みやすいけれど癖のある字が、ブルーブラックのインクで綴られていた。たぶん、万年筆を使ったのではないだろうか。

内容は、春に出した小説の感想だった。

まず、馴染みのある場所が舞台なので、それだけでちょっと嬉しかったという話。

封筒の裏を見ると、なるほど、隣の西宮市に住んでいる人らしい。

「西宮から出した手紙が、まず東京に行って、それから芦屋に送られたのか」

我が家から自動車を使えば三十分ほどで行けそうな場所に住んでいる人が出した手紙が、とんでもなく長い旅をして僕の手元に来たことを思うと、何だかしみじみしてしまう。

思いつくままにぽつりぽつりと、まるで詩のように綴られた手紙からは、その読者さんがこの春、高校三年生になること、大学受験について大きな不安を抱いていること、自分と同じ年代でひきこもりを経験した小説の登場人物の心情に、とても共感したこと……などなど、色々なことがわかった。

ファンレターというよりは、僕に手紙を書くことで自分の気持ちを整理整頓しているような、そんな文章だ。

でも、僕はガッカリしたりなんかしなかった。

僕が書いた小説のキャラクターが、僕の知らないところで、僕の知らない高校生の心に寄り添っていた……そんな事実が、たまらなく嬉しかったからだ。

「うわあ……。この子が手紙をくれなかったら、そんなこと、僕は一生知らなかったんだな。ありがたいな」

そう呟きながら、思わず、元どおりに四つに折り畳んだ手紙を、僕は胸元に当てた。便箋四枚分の手紙から、とても温かなエネルギーが流れ込んでくるような気がしたのだ。

「はー、書いてよかった」

思わずそんな声が漏れた次の瞬間、僕は文字どおり、座ったまま小さく飛び上がった。

背後から、スマートホンの着信音が響き渡ったからだ。

「はあああい」

スマートホンに返事をしたところで仕方がないのだが、僕は名残惜しく手紙をソファーの上にそっと置くと、スマートホンを置きっぱなしにしたダイニングテーブルに駆け寄った。

「うわ。なんてタイミングだよ」

スマートホンの液晶画面に表示されているのは、まさにファンレターを転送してくれた担当編集氏の名前だ。

「もしもし！」

慌てて通話ボタンを押して応答すると、スピーカーからは落ち着き払った担当編集氏の声が聞こえた。

『お世話になっております。今、お電話よろしいですか？』

一度だけ会ったことがある担当編集氏は、すらっと背の高い、クールな言動が印象的な女性だ。ファッション雑誌の編集部から異動してきたので小説には馴染みが浅いと言いつつ、打ち合わせのたびにとても厳しい突っ込みというか指摘というか提案というか、とにかく何につけても鋭く切り込んでくるので、僕は電話のたびにドギマギしている。

今日も、早くも五十メートルダッシュした直後レベルで脈打ち始めた心臓を宥《なだ》めながら、僕はできるだけ落ちついた風を装って返事をした。

「だ……大丈夫です。あの、ついさっき転送していただいたファンレターが届いて。ありがとうございます」

『ああ、そうですか。無事に届いてよかったです。直接、読者さんの声が聞けるとやっぱり嬉しいですよね』

「ほんとに」

『それにまったく無関係ではないんですが、今日はご提案があって、ご連絡致しました』

口調はいつもどおりに慇懃《いんぎん》だけれど、今日は心なしか、彼女の声が明るい。僕は不思議に思いつつ、先を促した。

「はい。何でしょうか？」

しかし、僕の「落ちついたふり」は、その十秒後に呆気なく消え去ることとなった。

「えええええ!?」

他に誰もいないダイニングに、僕の上擦った驚きの声だけが、情けなく響き渡ることになったのである……。


小さいとはいえ、事件が起こった日に限って、遠峯先輩の帰りが遅い。

勿論、ちゃんと連絡は前もって受けている。

今日は、先輩が週に一度、非常勤講師として解剖学を教えている医療系専門学校の卒業式があったのだ。

先輩は卒業式に出席したあと、夕方から謝恩会、その後、学生たち主催の二次会にも招待されていると言っていた。

学生さんたちも卒業した日くらい羽目を外したいだろうし、もしかしたら先輩は朝帰りかもしれないな……と思っていたら、意外と早く、午後十一時過ぎに玄関の扉が開く音がした。

次いで、スーツにトレンチコートという、後輩の目にも滅茶苦茶かっこいい遠峯先輩がぬっとリビング経由でダイニングにやってくる。

「おかえりなさい！」

僕が執筆の手を止めて立ち上がると、先輩は「おう、ただいま」と言って、昭和の宴会帰りのお父さんのように、紐《ひも》で結わえられた平べったい箱を僕の鼻先に突きつけた。

「お土産や。三次会の店でもろた」

「三次会まで行ったんですか。お疲れ様です」

「二次会は学生主催、三次会は先生だけの集まりや」

僕は、大きさのわりにずっしり重いその包みを受け取り、キッチンをチラッと振り返った。

「ああ、なるほど。お疲れ様です。水でも飲みます？」

「ああ、いや。酒はさほど飲んでへんねん。腐っても医療系の学校やからな。酒の無理強いも一気飲みも御法度や」

「あー、なるほどぉ。言われてみればそうですすよね。じゃあ、お風呂……」

「の、前に」

先輩は指でネクタイを緩め、トレンチコートを脱ぎながら、ちょっと情けない顔でこう言った。

「何か食うもんあるか？」

「ええっ？　食べてきたんじゃないんですか？　謝恩会って、ご馳走が出るもんじゃ？」

僕が驚いて問い返すと、先輩は苦笑いして、指先でほっぺたをカリカリと掻いた。

「言うたかて、立食パーティーやからな。俺、ああいうん、あんまし食われへんねん」

そういえば、先輩には昔からそういうところがあるんだった、と僕はちょっと微笑《ほほえ》ましく思い出す。

夏休みのアーチェリー部の合宿は、使い慣れた洋弓場がある学校で行われていた。

そうなると食事は三食とも学食のお世話になるわけだけれど、さすがに早朝から配膳するのは大変だったのか、朝食だけは、積み上げられたトレーを各自一枚ずつ取って、バイキング形式で好きな料理を取っていくシステムだった。

みんな、食べ盛りの高校生だし、合宿中は間食がままならないので、朝から食べ放題となると張り切ってしまって、毎朝トレーを山盛りにしてがっついていたものだ。

でも、既に部活は引退していたのにコーチとして参加していた遠峯先輩は、毎朝、トースト二枚とマーガリンとジャムだけを食べていた。サラダも、ベーコンも、ソーセージも、目玉焼きも、ヨーグルトも、先輩のトレーの上にはなかった。

昼食も夕食もがっつり食べていたから、小食なはずはない。不思議に思った僕が、何故朝はそれだけしか食べないのかと訊ねたら、先輩は困った顔で、「めんどいねん」とたった一言説明してくれた。

どうやら、ずらずらと行列して、あれやこれやと少しずつ取っていくのが、どうにもこうにも面倒臭かったらしい。

たぶん、立食パーティーで食が進まないのも、あの頃の合宿の朝食が「めんど」かったのと同じ理由だろう。

「先輩は、変なところで無精だなあ。じゃあ、二次会も三次会も食べられなかったんですか？」

　やっぱり先輩はちょっと決まり悪そうに頷く。

「謝恩会も二次会も、学生にガツンと食わしたりたいやんか。それもあって、俺はあんまし食わんようにしとるねん。二次会は、おめでとう言うて、ちょっと金置いてくるイベントや」

「なーるほど」

「三次会は、それこそ店の小上がりで寿司つまんで話するくらいのアレやしな」

「なるほどなるほど。それで、お土産が、お寿司屋さんの包み紙なんだ。開けてもいいですか？」

「おう。俺も、何か知らんねん」

「お持たせか。ふふ、『サザエさん』で見たなあ、こういうクラシックな包み。酔っ払った波平さんのお土産」

　ちょっとワクワクした気持ちで、僕は包みの紐を解き、包装紙を剝がして、樹脂製の包みの蓋を開けてみた。

「おー！」

　出てきたのは、穴子の押し寿司だ。関西ならでは、というか、確か兵庫県の南西のほうは、穴子が名産だった気がする。

「美味しそうじゃないですか。先輩、これ食べたらどうですか？　僕、夕飯はラーメンで済ませちゃったから、残り物とかはないですし」

美味しそうな寿司だから嬉しいだろうと思ってそう提案したのに、先輩は浮かない顔で首を横に振った。

「いや……旨そうやけど、俺、なんぞぬっくいもんが食いたいねん。宴会場で、足元ずーっとスースーしとったから。外も寒かったしな」

その気持ちはよくわかる。僕は穴子寿司を見下ろしてちょっと考えてから、こう言った。

「じゃ、部屋着に着替えてきてください。その間に、なんか『ぬっくい』お夜食を作りますから」

「お、悪いな。遅う帰ってきてワガママ言うて。仕事の邪魔し過ぎやないか？　アレやったら、カップヌードル的な奴で十分やから、湯だけ沸かしとってくれたらええで」

「急ぎの仕事は今ないんで、大丈夫ですよ。夜食は、ブログのいいネタになります。今日はいっそインスタントラーメンを載せようかって一応写真を撮ったんですけど、何か作るならそっちのほうがいいに決まってますから」

そう言うと、先輩の顔がようやく緩んだ。

「そらよかった。ほな、頼むわ」

「はーい」

先輩が自室へ向かうのを見送って、僕はさっそく穴子寿司をキッチンに持って行った。

そして、まずは大きくて深いフライパンに水を浅く張り、蓋をして火にかけた……。

「はー、やっぱし朝からスーツで出掛けると、肩凝ってしゃーないな。あとで風呂入って揉みまくらなあかんわ」

そんなことを言いながら、先輩は十分ほどでジャージに着替えて戻ってきた。たぶん、脱いだスーツの手入れをしてから来たのだろう。

先輩はそもそもかっこいいので、ジャージに着替えてもそのかっこよさはなくなりはしないのだけれど、少し油断した感じが出るあたりが、僕は好きだ。

どこか、高校時代の部活中の先輩の姿を思い出すからかもしれない。

「ん？　何ぞ焼いとんのか、でっかいフライパン出してきて」

「いえいえ、そうじゃなく。もうちょっと待ってください。あと十分くらいはかかるかなあ」

「ほな、先にこれつまもか」

そう言うと、先輩は後ろ手に持っていた平べったい紙包みを調理台に置いた。

「なんですか?」

「大垣先生にもろてん。こないだのお礼やて」

大垣先生といえば、先月、天体観測でご自宅にお邪魔した、先輩の先輩ドクターだ。僕は、思わず首を捻った。

「待ってください、お邪魔したのは僕らなんだから、お礼をしなきゃいけないとしたら僕らのほうでは?」

「と、俺も思うたからビックリしてんけどな、大垣先生が、『うちの子が、あれ以来、俺の仕事の話を聞きたがってなあ』ってえらい嬉しそうにしてはって」

「あー! 凜太郎君! あの、将来マンガ家になりたいって言ってた……」

先輩は、紙包みをガサガサ開けながら笑った。

「せやせや。医者でありマンガ家でありっちゅうたら、大先輩に手塚治虫《てづかおさむ》先生がおる! て気付いたらしゅうてな。俄然《がぜん》、親父《おやじ》さんの仕事にも興味が出てきたらしいわ」

僕も、思わず手を打った。

「あー! そういえばそうだ。ほら、やっぱ専門知識って強いですよね」

「そやな。大垣先生のほうも、息子にお勧めのマンガを貸してもろて、親子の話題を増やしよる言うとった」

「ああ、大垣先生もいいお父さんなんですね。お返しに、マンガのことも知ろうとしてるんだ。いいなあ。うちの親にも、そういう柔軟性、あればよかったんだけど」

「今は、話せとるんやろ?」

「って言っても、別に小説に興味を持ってくれてるわけじゃないですから。僕が書いたから読んでみるって感じで」

「ありがたいことやないか」

「ありがたいですけど、『春に出た奴、俺も一応読んでみたけどなあ、ようわからんな』しか言われませんでしたよ、お正月」

「そら、照れ隠しや。考えてみい。一冊読み通せるんやったら、面白いと思うたっちゅうことやろ。そのくらいは察したれ。ええ親御さんや」

先輩にそう言われて、僕は初めて、父親がそっぽを向いて言ったそのぶっきらぼうな言葉の意味に思い当たった。

「そうか、うちの父親、照れてたのかな、あれ」

「絶対そうやて。お前も要らんとこ鈍いな」

そう言いながら先輩が取り出したのは、魚の干物が入ったパックだった。

干物といっても、皮を剝いて、開きにして、骨を除いた白身魚のようだ。あまりにも徹底的に処理されているので、元の姿が想像すらできない。

「何ですか、それ。大きいし、えらく透き通ってますね。琥珀《こはく》みたいな綺麗な色だ」

するると先輩は、楽しげに教えてくれた。

「俺も同じこと言うた。ふぐのみりん干しやて。軽う炙って食べるらしいわ。魚焼きグリルでええかな」

「ああ、いけますよ。これを敷いて……」

フッソ樹脂加工された便利なアルミホイルを魚焼きグリルの網に載せ、その上にふぐのみりん干しを…

みりん干しを二枚並べると、僕は火加減を弱火に調節してみた。

「どのくらい焼けばいいかわかんないので、様子を見てくださいよ」

「よっしゃ」

先輩は腰を落として腕を組み、しばらく空気椅子状態で魚焼きグリルの中を睨んでいた。

いったい何の筋トレだよと思いつつ、僕は夜食の準備を進めた。

先輩の身体を中から温めるための夜食といえば、やはり吸い物は欠かせない。

作るのはいささか面倒臭いので、ちょうど二つ残っていた頂き物の「加賀麩《かがふ》　不室屋《ふむろや》」の「ふやき御汁　宝の麩」を使うことにする。

もなかの皮と吸い物のだし、それに具材がセットになっている優れものだ。

お椀にまずはだしの粉末を入れ、正しくはもなかではなく「ふやき」と呼ぶらしい皮の真ん中に穴を開けてだしの上に置く。

あとは、その穴をめがけて熱湯を注ぐと、面白いくらい穴から具材が溢れ出してくるのだ。具材は刻み葱と色とりどりの麩と若布《わかめ》というシンプルなもので、それがとても美味しい。

電気ケトルに水を入れてスイッチを入れ、お椀の中を、あとは熱湯を注ぐだけの状態にしたところで、先輩が「よし！」と鋭い声で一声上げて、魚焼きグリルを開けた。

「おお！　完璧じゃないですか」

あれだけ注視していただけあって、ふぐのみりん干しの琥珀色がさらに濃くなり、縁がうっすら焦げ始めている。完璧な焼き具合だし、何より香りがクラクラするほど蠱惑的《こわくてき》だ。匂いだけであまじょっぱい味が想像できるし、そこに焼き魚特有の香ばしい香りが加わって、もうちょっとたまらない感じになる。

僕と先輩はキッチンに立ったまま、熱い熱いと騒ぎながら焼きたてのみりん干しを裂き、先を争うように頬張った。

硬いと柔らかいのちょうど中間あたりの、噛み応えのある食感。噛むと溢れ出してくる濃い旨味。

僕は即座に缶ビールを二つ、冷蔵庫から取りだした。

これで飲まずにいろというのは酷《ひど》すぎる。

先輩も黙って頷き、僕たちは真顔で、しかも何故か無言で乾杯し、冷えたビールをぐびりと飲んだ。

そしてまた、みりん干し。めちゃくちゃ味が濃いので喉が渇く。そこでビール。

完璧だ。

「これ、味が濃いから一枚以上食べられないし、絶対後で喉が渇きますよね」

「違いない。そやけど旨いもんやな。石見《いわみ》の名産で、大垣先生の大のお気に入りらしいで」

「へえ。石見ってどこでしたっけ」

「島根《しまね》県や」

「ふーん。あ、そろそろよさそう。ちょうど、ふぐのみりん干しがいいオードブルになりましたね」

僕は、布巾でぐるんと包んでおいたフライパンの蓋を注意深く取った。

フライパンの中に入っているのは、ぐらぐらと沸いたお湯……の底に沈めた布巾と、その上に並べて置いた二つの鉢だ。鉢は両手の中にすっぽり収まるサイズだけれど、とても深い。

オーブン用のごつい軍手で鉢を一つずつ注意深く取り出すと、僕はそれをテーブルに運んだ。

危ないので先にテーブルに着いてもらった先輩は、目の前に置かれた鉢を見下ろし、

「おおお」と声を上げた。

「白石、これ、もしかして」

「さっきの穴子寿司でーす」

僕は自分の鉢をテーブルに置くともう一度キッチンに引き返して、今度は吸い物を仕上

げて運んで来た。

　これで、夜食は完成だ。僕がスマートホンでブログ用の写真を撮るのを待って、僕たちは改めて「いただきます」と挨拶をした。

「凄いなあ、お前。こんなアレンジを考えつくとは、天才か！　いや、天才や！」

　過分なお褒めの言葉を口にしつつ、先輩はさっそく箸を取った。

　僕が作ったのは、蒸し寿司だ。

　職人さんには失礼だけれど、穴子寿司をざっくりほぐし、白ごまを混ぜて茶碗に盛りつけ、上に物凄く雑に焼いた錦糸卵と、塩昆布を少しだけ載せて蒸してみた。

　本当は、干し椎茸を甘辛く煮たものとかを添えるともっと美味しいと思うけれど、そこまでするガッツはなかったのだ。

　でも、寿司飯《めし》の甘さと塩昆布、それに錦糸卵の味はよく合う。言うまでもなく、蒸した穴子は死ぬほど旨い。寿司飯と混ぜて蒸したので、穴子の脂の旨味が寿司飯に滲《し》みて、なお旨い……と、つい自画自賛してしまう。

「旨いなあ」

「元の穴子寿司が美味しいからですけどね」

「そやけど、あのまま食うより、こうしたほうが、こう……身も心も温まるな」

「ですねえ。早春の夜食って感じ」

うまうまと蒸し寿司を頬張り、熱い吸い物を啜《すす》って、大満足したところで、僕は昼間からずっと先輩に話したかったことを思い出し、箸を置いた。

「実は先輩に、お知らせとお願いがありまして」

まずは背筋を伸ばし、心持ち緊張しながら、僕はこう切り出してみた。

先輩は吸い物を一口飲んでから、お椀をテーブルに置いた。そして、あからさまに警戒した顔つきで僕を見た。

「まさか、ドラマ的にはええ知らせと悪い知らせがあるやつか、それ？」

「いえ、たぶんいい知らせだけ……あ、どうかな。いい知らせかな、これ」

「何やねんな。はよ言え、気になるやろ」

雑に促され、僕は頷いて話を続けた。

「実は……先輩知ってますよね、僕が日々の食事をブログに上げてるの」

「おう。敢えてインスタ違うてブログな。毎日やないけど、よう読んどるで」

「そうそう。僕は写真が下手だし、そもそも読み物として見てほしいので、敢えて古風なブログにしてたんですけど、それが功を奏したというか……」

「あ？」

「いつもお世話になってる編集部が、あのブログをレシピごと本にしませんかって言ってくれたんです。ブログの読者さんから、書籍化のリクエストが多いそうで」

「おお！　そらよかったやないか」

先輩はわざわざ箸を置いてパチパチと拍手してくれる。僕は軽く頭を下げた。

「ありがとうございます。あの……勿論、写真はまあ、そのままで使うんでしょうけど、レシピとブログの文章には手を入れるつもりなんですよ。なんですけれども……」

「も？　めでたい話やないか。なんでそない心配そうな顔しとんねん」

怪訝そうな先輩に、僕は思いきって核心に触れてみた。

「つまり、ですね。あのブログ、僕と先輩が食べたものがネタなので、ご存じでしょうけど、頻繁に先輩の話が出てくるんですよ」

「お？　おお、そやな」

「それを本にするってことは、先輩の話も山ほどそこに盛り込まれるんですけど……大丈夫ですか？」

先輩は、眉をギュッとひそめ、腕組みした。僕は、冷や汗をかく思いで問いを重ねる。

「その、勿論、先輩の実名は出しませんけど、ブログのとおり『先輩』として、こう、生態の一部が……」

「本になって他人様の目に広く触れると」

「いや、売れるかどうかわかんないんで、広く触れるかどうかは謎ですけど」

「ふむ」

「……や、やっぱりだめ、ですかね」

僕としては、ブログは僕だけでなく先輩のプライベートをも含むものなので、先輩がOKしてくれなかったら、書籍化はしたくてもやってはいけないと思っている。

勿論、編集部の申し出は飛び上がるほど嬉しいものだったけれど、それより何より、僕は今の暮らしが大好きで、大切なのだ。

先輩を傷つけたり、嫌な気持ちにさせたりしたくはない。絶対に、それは駄目だ。

当の先輩はしばらく首を左右にゆっくり倒していたが、やがて真顔でこう言った。

「なんであかんのかがようわからん」

「へ？」

僕は拍子抜けして、間抜けな声を出してしまう。でも先輩は、真摯な口調でこう言った。

「俺は別に、他人様に恥じんとあかんかったり、隠さんとあかんかったりするような生き方はしとらんと思うんやけどな」

「そ、それは勿論そうですよ」

「ほな、別にええやろ。ああ、そやけど」

先輩はもの思わしげな様子で、顎に片手を当てる。僕はドキドキしながら問いかけた。

「あの、やっぱりまずいことが？」

「いや……」

小説家とドクターの
おいしい日々

先輩はニヤッと笑うと、食べかけの蒸し寿司の鉢を指さした。

「こない旨いもんばっかり食わしてもろてると知れたら、ますます縁遠くなるなあ」

とぼけた口調で嘆いてみせる先輩に、僕もつられてツッコミを入れてしまう。

「それ、だいぶ今さらじゃないですか！」

「まあ、今さらか。ほな、改めて。ブログ本作成決定、おめでとうさん」

先輩はからりとした笑顔で、缶ビールを持ち上げる。

「ご協力、まことにありがとうございます。今後とも、よろしくお願い致します」

僕も改まった口調でそう言って、飲みかけの缶ビールに手を伸ばす。

僕らは今夜二度目の乾杯をして、夜食を再開し……そして、ブログ本の内容について、かなり真剣で熱い討論を明け方近くまで続けたのだった。

つくってみよう☆
食卓で仕上げるあったかポテサラ
混ぜるだけ！
かんたんやろ
マヨネーズ
玉ねぎ
みじん切り
あつあつ
ゆでたまご
ちょい半熟
皮むきしたじゃがいも
カリカリに炒めた
ベーコン
生姜の甘酢漬け
細切り
きゅうり
サイの目切り
くだいたイカ天
ざっくりとまぜて
仕上げに黒こしょう
万能！あま味噌ダレ
おろしにんにく ちょっと
おろし生姜 2センチ
さとう大2
しょうゆ
日本酒
酢
各大1
大
小
大3
みそ
山田製油
ごまらぁ油
オススメ
チン♪
材料を混ぜ、ラップなしで
レンジ30秒×2回
よくまぜて
すりゴマとラー油少々たらして
でき上がり
ギョーザにオン♪
うまぁ!!!

食うてばっかりや
ないで
バーバスカム
エキウム
ブルーベッダー
ビオラ
遠峯パイセンの
園芸コーナー
スープ
サラダ
グラタン
ピラフ
チャーハン
かぼちゃのコース料理
できましたァ!!
おいしかったわぁ〜

男ふたり夜ふかしごはん

本書をお買いあげいただき、ありがとうございます。
この作品を読んでのご意見・ご感想をお待ちしております。

■ファンレターの宛先■

〒102-0072　東京都千代田区飯田橋3-3-1
プランタン出版　編集部気付
椹野道流先生係 / ひたき先生係

各作品のご感想をWEBサイトにて募集しております。
プランタン出版WEBサイト https://www.printemps.jp

著者――**椹野道流**(ふしの みちる)
挿絵――**ひたき**
発行――**プランタン出版**
発売――**フランス書院**
〒102-0072　東京都千代田区飯田橋3-3-1
電話(営業)03-5226-5744
　　(編集)03-5226-5742
印刷――誠宏印刷
製本――若林製本工場

ISBN978-4-8296-8210-4 C0093

男ふたりで12ヶ月おやつ
椹野道流
Michiru Fushino ill.ひたき
おやつ箱には幸せが詰まっている。
芦屋の一軒家に暮らす遠峯と、後輩の白石。バームクーヘンにういろう、クレープ――甘党・遠峯のお気に入りがいっぱい、おやつ歳時記。

男ふたりで12ヶ月ごはん
Ashiya Carol
樋野道流
Michiru Fushino ill.ひたき
今日は何食べます？
眼科医の遠峯が暮らす芦屋の古い一軒家に、後輩でスランプ中の小説家・白石が転がり込んできた。コロッケ乗せカレーに贅沢ハムサンド――男ふたりのごはん歳時記。